U0133254

全新知识大搜索

遨游太空

AoYouTaiKong

于洋　主编

吉林出版集团有限责任公司

1981 年 4 月 12 日 7 时整，美国的"哥伦比亚"号航天飞机在佛罗里达州肯尼迪宇航中心冲上天空。这次历史性试飞的成功，标志着世界航天史迈入了一个新的时代——航天飞机时代。

在美国开始"阿波罗"登月计划的同时，前苏联也开始进行轨道站的活动。1971 年 4 月 9 日，前苏联发射世界上第一艘长期停留在太空的"礼炮－1"号空间站。

"和平"号空间站是前苏联第三代载人空间站，也是人类历史上的第 9 座空间站，被誉为"人造天宫"。1995 年 6 月 29 日，美国"亚特兰蒂斯"号航天飞机与俄罗斯"和平"号空间站第一次对接，开始了总计 9 次的航天飞机与空间站的对接，为建造国际空间站拉开了序幕。在"和平"号穿梭太空的同时，美国宇航局在 20 世纪 80 年代提出了建造国际空间站的建议。随后，欧洲航天局 11 国和日本、加拿大、巴西等国陆续加入。1993 年 11 月 1 日，美、俄签署协议，决定携手建造国际空间站。

从第一颗人造地球卫星进入宇宙空间时起，人们就开始对宇宙空间进行广泛的直接探测。几十年来，数百颗卫星和飞船，几十名宇航员，在宇宙空间的各个角落，通过各种方法，进行了无数次的测量和观测，取得了大量的数据和图片，使人们认识到茫茫的太空并不是空无一物，而是充满着各种各样的物质，具有极为复杂的结构，不断地发展变化，有时甚至会发生激烈的"风暴"。对宇宙空间的探测，也为宇宙航行探明了道路。

近地空间探测。探测地球附近几万千米的近地空间的第一个重大发现，是 1958 年 1 月 31 日美国发射的"探险者－1"号卫星取得的。

月球探测。1969 年 7 月 16 日，美国的"阿波罗－11"号飞船发射升空，开始了人类第一次登月航行，终于将宇航员送进了月宫，在静谧的月球表面第一次留下了人类的足迹。

由于当代宇宙科学技术的迅猛发展，开发太空资源已经不是什么虚无缥缈的幻想，而逐渐变为人类的现实。

微重力——微重力资源，是一种很有价值的新资源。在宇宙空间，重力只是地球的百万分之一。在这种微重力的情况下，物质能够得到良好的结合，从而制造出地球上不能合成的合金材料。

空间能源——空间能源主要是指太阳能。在空间轨道上，太阳能装置可以做得很大，而且可以长期使用，同样的面积获得的能量要比地面上多好多倍。

高真空——在高度真空的环境中，由于没有空气和灰尘，还可以进行高纯度、高质量的冶炼、焊接，分离出一些物质。

宇宙矿藏——宇宙矿藏是极丰富的。据初步查明，月球上有50多种矿物质。

高远位置——高远位置的开发利用给人类带来巨大利益。人造地球卫星上天，为开发空间高远位置资源创造了条件。

这些完美的太空资源，为发展航天产业奠定了基础。

科学家预言，21世纪是人类大举探测太空的世纪。

科学家们相信，21世纪里，在包括中国人在内的全人类的共同努力下，人类必将实现"太空移民"、实现"定居"月球的梦想。而载人火星飞行，将成为21世纪里人类最伟大的宇航创举。

目录
MuLu

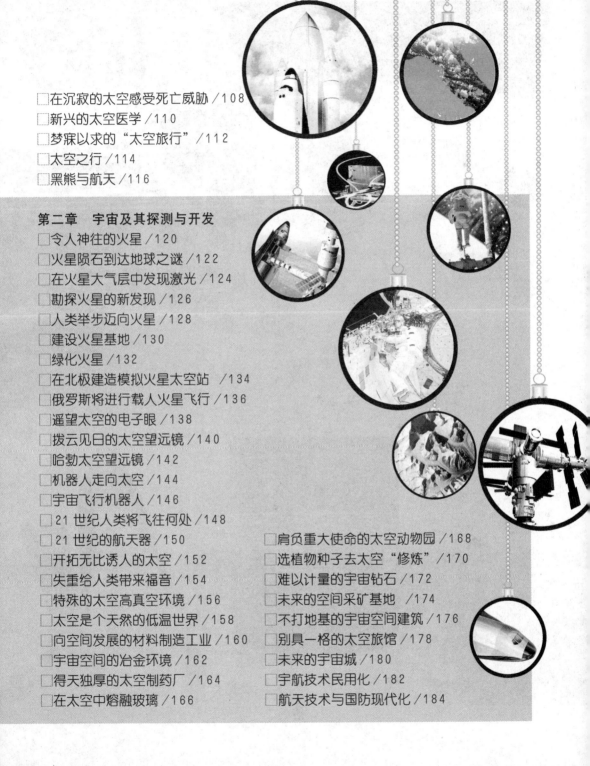

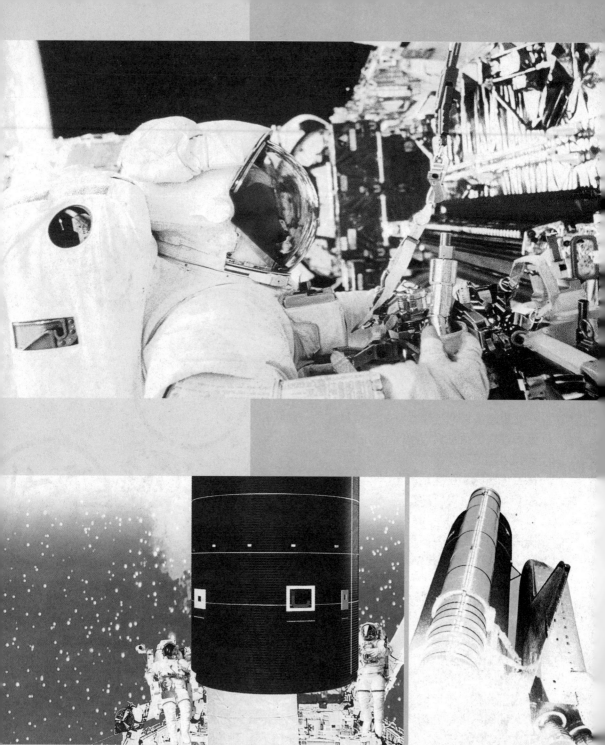

第一章 宇宙航行

自从第一颗人造卫星上天以来，全世界已经发射了几千个航天器。每发射一次卫星，就要消耗一支巨大的火箭。珍贵的人造卫星也只能使用一次。这是航天活动代价高昂的原因之一。为了解决这个问题，美国在"阿波罗"登月工程完成以后，就着手研制一种经济的、可以重复使用的航天器，这就是"航天飞机"。

我们知道，宇宙飞船返回地球时，以极大的速度进入地球大气层，飞船的外壳与空气摩擦所产生的热可达几千度，倘若不设法防护，那么人体将被烧成灰烬。然而，飞船航行中所遇到的对人体有害的环境条件又何止高温这一项呢？

飞船起飞首先碰到的是超重。这是一种由于加速度的作用而使重力大大增加的现象。假如超重的方向是从头到脚，那么由于血液的重量增大，它必然会流向下半身去。

这样，头部尤其是脑会出现缺血现象。严重时，就会出现视觉障碍，甚至失去意识。

宇宙空间空气极少，接近真空，一般人到了3500米高度以上，就会出现疲劳、头痛、视觉障碍等缺氧症状；超过8000米时，由于气压过低，即使充分供氧，有些人也会出现关节痛和循环障碍等症状。高度达到19千米以上，由于气压太低，血液开始沸腾，没有适当的防护根本无法生存下去。为了解决这个问题，空间飞船一般采用密闭座舱的办法，使座舱内保持人体合适的气压和氧气条件。当宇航员需要出舱工作时，必须穿上宇航服(太空服)。因为高度真空的太空，没有氧气，没有大气压力，宇航员体内的气体会急剧膨胀，液体会迅速沸腾，氧气会从肺部和血液里跑出来。倘若不穿宇航服，人就会立即死亡。

飞船起飞和返回时会遇到高温；但当进入太空之后，夜间则可冷到零下几十摄氏度；在月球表面，还会遇到−160℃的低温。人不仅对高温的耐力有限，对低温的耐力也是有限的，因为人在低温条件下停留时间久了，体温就会下降，当体温降到34℃以下时，就会出现健忘、口吃和空间定向障碍。低于27℃，即会冻僵和冻死。

为了解决诸如此类的问题，保证空间航行中人体的安全健康和良好的工作效率，太空(空间)医学便应运而生了。

航天飞机

　　1981 年 4 月 12 日，美国航天飞机"哥伦比亚"号在一阵轰鸣声中飞向天空。它飞得真快，比声音的速度要快 20 多倍！4 月 14 日，它按计划回到了地面，航天飞机上的两位宇航员受到热烈欢迎。

　　航天飞机，顾名思义，就是能进行空间飞行的飞机，以区别于航空飞机。它像火箭一样垂直起飞，冲出稠密的大气层，进入绕地球转的运行轨道，成为一艘载人飞船；在宇宙空间进行了各种科学活动之后，又能像飞机一样，重返大气层，靠惯性滑翔飞行，然后在机场跑道上水平着陆。所以，航天飞机是火箭和飞机的结合。

　　美国研制的航天飞机由三大部分组成，即轨道器、外挂燃料箱和固体火箭助推器。整个看起来，就好像一架飞机竖挂在三个大圆柱子上。样子像飞机的部分就是轨道器，是航天飞机的主要组成部分。它全长 37 米，空重68吨。整个轨道器由三段组成：前段是发动机，然后是机翼和尾翼。它所运的货物不是从舱门装进去，而是从货舱可分开的顶部舱盖吊装进去。它能把重达29吨的有效载荷送到地球轨道，还能把14.5吨重的货物带回地面；可把7名，甚至多达10名乘客送入地球轨道。轨道器完成任务后，返回地面，进场检修，又可待命再次起飞。外挂燃料箱是专门为轨道器的三台主发动机提供燃料用的。燃料烧完后，便和轨道器分离坠毁，不能重复使用。两台固体火箭助推器，是用来帮助轨道器克服地球巨大引力的，它在起飞后2分钟的时间内将轨道器助推到离地约50千米的空中，然后与轨道器和燃料箱分离，用降落伞在发射场附近的海上溅落，由船只回收，检修后再用。

航天飞机作为往返于空间的运输工具，具有特殊的性能和显著的优点。它垂直起飞，水平降落，同时还能在空中横向飞行。在轨道上运行时，可以进行多次空间机动飞行，以完成各种交会、捕捉等任务。它能处理飞行过程中出现的各种故障，具有较高的安全飞行能力。它能够提供优越得多的力学环境条件，同火箭相比，人或货物受到的冲击和振动小得多。因此，用航天飞机在轨道上布置的各种卫星，可以大大简化设计；即使是航天飞机上的乘客，也不必经过严格挑选和特殊训练，上天工作的科学家、工程技术人员和医生等，只要经过一段训练就可参加飞行。

航天飞机在任务完成以后，退出轨道，靠滑翔返回地面机场，着陆速度与一般超音速飞机差不多。不过，航天飞机在重返大气层时速度极高，与空气摩擦产生高热，所以对机体表面覆盖的隔热材料，要求很高。

航天飞机经过一次飞行后，可能被陨石和气动加热弄得满目疮痍。但经过整形修理后，可以焕然一新，再进行下次飞行。每架航天飞机，可以重复飞行100次以上。

航天飞机的"盔甲"

　　航天飞机既像火箭一样能垂直起飞，像飞船那样在轨道上运行，在进入大气层时又能像飞机那样水平着陆，这一特点对航天飞机外壳防热材料的性能，提出了多种苛刻的要求：既能经受进入大气层时，由于机身同大气剧烈的摩擦所产生的一千几百摄氏度的高温，又能经受在轨道运行时从121℃到－156.7℃的温度交变，还能重复使用100次以上，具有优异的隔热、防水性能和非常小的密度等等。

　　为解决航天飞机外壳的防热，如果采用导弹或飞船头部或裙部用的那种防热材料，它的耐高温性和防热性能倒是绰绰有余，可惜在进入大气层时，这种材料大部分都烧蚀光了，剩下的也是一触即碎的烧焦碳层，更不用说它的密度太大这一弱点了。于是人们很自然地想到采用几种材料复合的办法，使其各施所长，以适应航天飞机防热的要求。科学家从20世纪70年代便开始了探索，一种结构独特、功能多样的防热瓦终于诞生。

这种防热瓦实际上是一种纤维隔热材料和特种陶瓷涂层的复合体。它的基体是高温氧化物（二氧化硅或莫来石等）陶瓷纤维。为了使它成型并具有一定的强度，先要把陶瓷纤维用一般陶瓷的成型工艺制成毡块，再经浸渍胶黏剂后在1000多摄氏度烧结成材，然后按需要的尺寸切成瓦。它的重量很轻，还不到普通耐火砖的1/15，因为瓦内含有90%～95%的气孔。这么多的气孔也大大地提高了瓦的隔热能力，比一般耐火砖高5～10倍。为了赋予它防水防潮的性能，又具有独特的辐射散射本领，在防热瓦的表面又加涂了一层致密的特种陶瓷或玻璃质涂层，涂的原料通常用硅化硅或硼化硅等多种既耐高温、热辐射率又大的物质。这层涂层虽然很薄，但神通广大：一是能有效地防水防潮，二是能增加瓦的紧固性，三是能把85%～90%的入射热能再辐射到空间去。这样，剩下的10%～15%的热也几乎都被95%的都是气孔的防热瓦所隔绝。因此，当航天飞机再入大气层受到一千几百摄氏度的高温时，机内温度也不会明显升高。

航天飞机进入大气层时，表面各部位的温度具有明显的差别，这就要求能在不同温度下使用不同的防热瓦。整个机身外壳需要防热的面积大约有1100平方米，其中除头锥帽和机翼前缘等40平方米的部位温度最高（1400℃～1500℃以上），需要用碳－碳复合材料做防垫壳以外，其余部位表面均要铺覆上不同种类的防热瓦。在机身下腹部表面等部位，其最高温度可达1000多摄氏度，需采用高温防热瓦，铺覆面积大约400～500平方米，共需2万多块防热瓦。在机身侧面和垂直尾翼的表面，温度比下腹部要低些，通常采用中温防热瓦，铺覆面积约200～300平方米，共需7000多块防热瓦。在机身和机翼的上表面，温度不到400℃，通常用低温防热瓦的铺覆面积大约300多平方米，需要几千块防热瓦。

ok

走进宇航发射场

　　宇航发射场是卫星和飞船起飞的基地。目前世界上共建有十几个发射场，共发射了几千个航天器。最著名的宇航发射场要数肯尼迪航天中心，举世瞩目的航天飞机就是从这里起航的。

　　肯尼迪航天中心位于美国东部佛罗里达州东海岸的梅里特岛，中心总面积为350平方千米，如果包括210平方千米近海沙滩，整个场区占地560平方千米，中心拥有20多个发射阵地，它们是美国进行载人与不载人航天器测试、准备和实施发射的重要场所。

　　航天飞机发射台位于该中心39号发射阵地，是整个中心发射阵地中规模最大，地面设备最完整的发射阵地。39号发射阵地主要包括一座总装测试大楼，2个发射阵地，1个发射控制中心，3个活动发射台，2台专用运输车，1个活动勤务塔，1条专供航天器运输行驶的特殊公路。总装

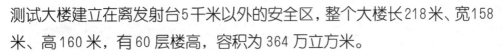

测试大楼建立在离发射台5千米以外的安全区，整个大楼长218米、宽158米、高160米，有60层楼高，容积为364万立方米。

发射台是竖立运载火箭实施发射的地方。发射台由两部分组成，底座和竖在其上的脐带塔。底座呈八角形，由钢筋混凝土浇铸而成，面积约65万平方米。脐带塔又叫供应塔，支撑着各种管道和电缆，负责向航天飞机运载火箭供气、供电、供燃料，塔上设有9个摇臂，17个工作平台，塔顶装有一部25吨的悬臂起重机，可在360度范围内工作。从底座平面到塔顶高135米，总重约5400吨。

和发射台脐带塔并驾齐驱的是勤务塔，它是桁架式钢结构，高127米，总重4250吨，塔上设有5层封闭式工作平台，它的功能是在准备发射期间为运载火箭安装危险的物品和其他不便于总装厂安装的设备，它在发射点火时撤出，停放在1.6千米以外的场地。

发射控制中心离总装测试厂房不远，主要负责发射前的检查和发射时的指挥。控制和监视是发射场的神经中枢，中心控制室装备着1.3万多台电子计算机和仪器设备，实施对整个发射的指挥控制。

在发射台东北角，离发射点440米远的地方矗立着一座巨球形罐，通过特殊的管道与发射台的脐带塔相接，向运载火箭输送燃料。

肯尼迪航天中心39号发射阵地是举世瞩目的。1967年11月9日，推力最大的"土星V形"火箭在这里首次发射成功。震撼全球的"阿波罗"宇宙飞船在这里起航奔赴月球，7次飞行6次获得成功。1973年5月25日、7月18日、11月16日，第一个空间站先后3次从这里起飞，在轨道运行了171天23小时14分，拍摄了4.028 6万张照片。1981年4月12日至1984年4月8日，"哥伦比亚"和"挑战者"号航天飞机先后从这里出发，多次往返飞行成功……

聚精会神整装待发

在美国佛罗里达州卡纳维拉尔角的航天飞机发射基地，第39A发射台上巨大的航天飞机"哥伦比亚"号正整装待发。再过1小时30分钟，这架航天飞机就要载着5名宇航员直上重霄了。

宇航员们在起飞前5小时起床，穿戴上高统靴和防火绝热的宇航服。衣服上标着字体很大的姓名和一块专门为这次飞行设计的臂章及一面小小的美国国旗。吃过一顿正规的丰盛早餐以后，他们各自将钢笔、小折刀、墨镜、计算器、手电、食品、手套塞进宇航服上许多口袋里。

基地技术人员陪同5名宇航员走进39A发射台的工作塔，乘电梯升到标高195的地方停下。那儿有一道长长的钢格栅天桥通向一间毗连航天飞机舱门的绝尘室。宇航员在绝尘室里由技术人员帮助，穿上背心式的紧急脱离装置。万一航天飞机起火或突然爆炸，这套装置能帮助机舱中的宇航员迅速弹离机舱，安全降落到地面上。

现在，宇航员们该进入机舱了：指令长走在前面，其次是驾驶员，后面是执行任务的技术专家。他们依次坐到指定的座椅上，系好安全带，技术人员随即对机舱作最后检查。航天飞机发射之前的最后一刻，各项工作安排得非常精确和严密。这次发射定于当天早晨 7 点 19 分到 7 点 22 分。这个时间是根据地球相对于太阳的位置、航天飞机施放卫星的位置以及 8 天以后航天飞机重返地球预定着陆的光照条件等多项因素，经过精确计算决定的，因此绝对不容许在准备过程中出现任何差错。

发射前 5 分钟，驾驶员启动辅助动力发动机。它的功用是驱动液压泵，从而操纵航天飞机表面所有的空气动力控制部位，并且按照导航电脑的指令，不断调整主发动机喷嘴的位置，改变推力角度，引导航天飞机向预定的方位前进。当驾驶员和指令长对液压系统作最后一次快速检测，确认液压系统运行正常之后，又将主发动机的喷嘴按编好的程序转动，检查喷嘴的动作是否会引起平衡支架的晃动。

机舱里宇航员们的耳机里传来了基地飞行指挥的命令：放下头盔上的护目镜，把耳机的音量放大，允许大家通过对讲电话系统互相谈话，目的是分散大家对飞机起飞时主发动机巨大声响的注意力。

发射前 8 秒钟，发射台两侧的水塔开始放水。上万升水像汹涌的尼亚加拉瀑布一样，喷灌到发射台台脚下面的地坑内，这是用来吸收来自航天飞机主发动机的声音的，否则声能会立即引起爆炸燃烧，它的反射热量足以严重损伤航天飞机的三角翼和尾翼，降低飞机的有效载荷。3 秒钟以后，机载电脑发出指令：打开外挂燃料箱的阀门，将箱内的超冷液氢及氧化剂输至三台主发动机，经汽化、压缩、混合、燃烧，通过喷嘴排出，产生巨大推力。

发射上天遨游宇宙

　　当主发动机点火时，机舱内的宇航员们感觉到在他们的下面响起了一阵强烈的火焰轰鸣声以及一种突然向外挂燃料箱略略倾斜的感觉。

　　最后2秒钟，航天飞机里的电脑对主发动机喷出的气流压力及其产生的推力作自动检测，确认达到规定指标时，两台固体燃料火箭助推器的点火装置，立即将助推器里装填的一种高度易燃的铝粉点燃。半秒钟以内，两台助推器内总共1000吨固体燃料引燃，产生236万千克推力。这个推力比航天飞机上三台液体燃料主发动机的总推力还大3倍多。固体燃料一旦引燃后，就不能像液体燃料那样熄火或减慢燃烧速度，它产生的高温火焰，将发射台用来固定航天飞机的8根螺栓熔断，航天飞机及其运载火箭就在这一刻离开发射台，直上碧空蓝天了。航天飞机从发射台升空以后，为了利用地球每小时1600千米的由西向东的自转速度，以一条巨大的弧线越过大西洋。几秒钟内，航天飞机就产生了很高加速度。宇航员们被巨大的重力紧紧地推向几乎持平的座椅背，身躯感到十分沉重。起飞50秒钟后，航天飞机的时速接近1100千米。主发动机的推力降低到65％，目的是不让高速空气流给航天飞机的挡风面、机翼和大垂直尾翼造成过大阻力；随着航天飞机继续上升，大气越来越稀薄，气流压力则相应减小。这时，主发动机推力再次受到调整，增加到100％。仅仅60秒钟，航天飞机上升到了离地面45千米处，速度达到每小时近5000千米。

起飞两分钟后，两台助推器自动从外挂燃料箱两侧炸离开去。

摆脱了助推器以后，机舱里震耳欲聋的轰鸣声消失了。现在，航天飞机已经飞行6分30秒钟，高度为130千米，时速为1.8万千米。为了做好主发动机停车以及外挂燃料箱与航天飞机分离的准备，航天飞机调整了自己的姿态。2分钟以后，主发动机推力再次降低到65％。当航天飞机达到时速2.7万千米并继续加速时，指令长通过电脑发出了主发动机停车的指令。由于航天飞机推力突然消失，被安全带固定在座椅上的宇航员们感到身体朝前一冲。16秒钟后，连接航天飞机和外挂燃料箱的销子自动炸断，航天飞机尾部和头部的5台小型火箭发动机启动，把航天飞机从外挂燃料箱上一点一点地推离开去。

扔掉了助推器和外挂燃料箱的航天飞机刚刚升到大约110千米的高空，离开预定轨道还有一大段距离，飞机还必须再次加速，才能完成最后一段征程。因此，位于飞机尾部主发动机两侧的两台轨道发动机点火启动了，燃料是一种由四氧化氮作为氧化剂的肼。历时2分30秒，航天飞机再次加速，从而扶摇直上，抵达南太平洋上空椭圆形轨道的远地点。这时，轨道姿态控制发动机点火一秒钟，使航天飞机进入稳定的环形绕地重复轨道，从此刻起，航天飞机便依靠惯性在宇宙空间里开始周游了。

 ok

航天飞机承担的任务

　　航天飞机既是运载火箭，也是宇宙飞船，又是航空飞机。所以，它可以承担很多任务。

　　它可以把"空间实验室"送入空间。科学家在空间实验室里，不但可以进行地球资源的探察，进行空间加工和制造，而且还可以展开各种基础科学的研究。

　　它可以在近地轨道间往返运送各种应用卫星和科学卫星。由于航天飞机的货舱容积庞大，每次可以容纳多达几十吨的有效载荷，因而具有运载大型卫星的能力。航天飞机的遥控机械手像人手一样灵便，它既能把卫星送出货舱，也能把已经损伤的卫星捕入舱内进行修理，或者带回地面。航天飞机可以使空间望远镜成为自由飞行的空间观察站，同地面天文台比较，空间观察站能观察到 7 倍深的宇宙空间，探测出弱 50 倍的星体，而且

观察清晰度可提高10倍。

它可以发射高轨道卫星和星际探测器。在失重条件下，它只用一种推力不大的自旋末级火箭，就可以把通信卫星、气象卫星或地球资源卫星发射到近3.6万千米高的地球同步轨道上。

它可以作为未来大型空间结构的运载工具和建造平台。在一这点上，航天飞机更能显示出它那非同小可的潜力和划时代的意义。利用航天飞机一次次地运送设备，人们便可以在地球轨道上组装大型太阳能电站、大型空间加工厂、太空医院。

原来有些在地球上做不到的事，在太空工厂里将能够做到。例如，轮子上用的滚珠，因地心吸力的作用，在地球上做不到绝对的圆，而在太空就能解决这个问题。在太空医院里，烧烫伤的病人飘浮在空间，免除了与床面的接触，能使伤皮渗出的血清快速凝结，避免伤皮大量失去血清，加上太空病室绝对无菌，容易治疗。

此外，在勘探矿藏、预测地震、预报地震、预报气象、预告旱涝、侦察海洋鱼群、侦察农作物的病虫害等方面，在太空都有它独到的优越性。

航天飞机在军事应用上也很有潜力。它可以通过机械手把军用卫星部署在轨道上；它可以一次释放并回收多颗卫星，这就使侦察卫星的回收更为方便；由于航天飞机的轨道是可变的，所以，一次可以完成多种军事侦察任务；航天飞机能够捕捉敌人的卫星，把它带回地球；航天飞机在外层空间能及时发现来袭的洲际导弹，并进行安全、可靠的拦截；航天飞机还可用来摧毁对方的地球轨道上的军事装置和太空船，甚至可用来携带远程激光武器，来摧毁地球上的核子导弹基地。

潇洒的太空行走

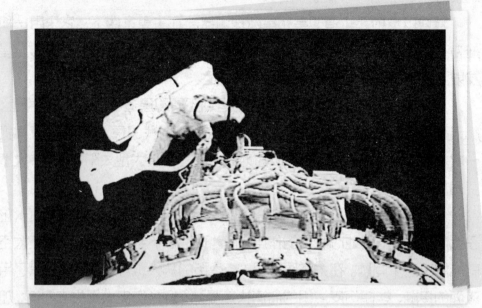

1984年2月7日，在美国航天飞机的第10次飞行中，宇航员布鲁斯·麦坎德利斯和罗伯特·斯图尔特先后离开"挑战者"号航天飞机并分别在太空行走了90分钟和65分钟，人们风趣地称他们为"人体地球卫星"。所谓"人体地球卫星"，就是宇航员背着"火箭背包"，完全脱离航天飞机，不用安全索系着，像卫星一样以每小时2.7万多千米的速度，在环绕地球的太空轨道中"飘浮飞行"。

茫茫太空是个神奇的没有空气的世界。在那里宇航员要走出航天飞机的密封座舱，必须穿上能够增压的特制的航天服。这种航天服设计得很精巧，带有一整套为宇航员所必需的轻便的生命保障系统，能供氧、增压、冷却、通风，提供食物和饮用水，此外还有无线电通信联络设备、排泄处理系统和报警系统，可供宇航员在太空活动6小时。

到太空行走还需要代步工具——“火箭背包”。它是重量为160千克的带微型喷气推进装置的新型航天服。它的外形像一把有扶手、踏板的座椅，可以操纵它进退、上下、左右、滚动、俯仰以及偏航。主要由铅制成的这种载人机动装置每件有两套压缩气箱和电池组作为动力的氮气射流。每套有12个氮气射流，每个有0.7千克推力。如果第一组发生故障，则可使用第二组。如果发生意外，还可由另一宇航员运去一个新背包。

由于惯性的作用，宇航员在离开航天飞机以后就要以每小时2.7万多千米的速度飞驰。但是在太空中并没有这种速度感觉，因为宇航员是相对于航天飞机作缓慢移动的。

对轨道上出现故障的卫星进行维修，是这次太空行走的一项重要任务。修理工作一开始，航行飞机通过机动变轨飞行接近卫星，在与卫星保持约92米远的距离时，由宇航员飞到卫星附近，用胸前的“飞行抓钩”抓住卫星，实现与卫星的对接，并使每秒钟旋转0.8～0.9度的卫星稳定下来。然后，通知航天飞机运动到可以捕获卫星的范围，用机械臂将卫星抓住。被抓获的卫星可在航天飞机上修理，也可带回地面，修好后再由航天飞机把它重新送入轨道。简单的修理工作，宇航员在舱外就可以直接进行。

今后，轨道维修工作将成为航天飞机每次飞行中都可能遇到的任务。通过轨道维修，将使那些过早夭折的卫星“起死回生”，年迈体衰多病的卫星“返老还童”，正常工作的卫星将因为得到及时保养而“延年益寿”。

太空行走的成功，还为建造永久性的太空轨道站铺平了道路。今后，宇航员可以在太空自由活动，把航天飞机运上太空的部件组建成加工厂，利用太空失重条件进行材料加工和制造医药。太空行走标志着人类开发宇宙的事业，开始进入了一个崭新的阶段。

ok

摘下天上的"星星"

　　1984年11月12日和14日，美国航天飞机"发现"号，从地球轨道上"摘下"两颗"星星"——人造地球通信卫星，并把它们运回地面。

　　这两颗"星星"，一颗是印尼的"帕拉帕-2"号，另一颗是美国西方航空公司的"西联-6"号通信卫星。

　　九重天外摘星星的过程分两个阶段进行：首先是"追赶"，然后，是"捕捉"和"搬运"。

　　这两颗卫星由于火箭发动机失灵，进入了一条"无用"的椭圆形轨道。而航天飞机的圆形运行轨道一般离地面300千米左右。为了"捕捉"卫星，从1984年5月到10月，美国地面站的工程师们利用遥控讯号，把卫星的椭圆形轨道变成了圆形轨道，并且把它们的轨道高度降低到接近航天飞机的运行轨道。"发现"号11月8日发射进入的运行轨道，比卫星的轨道低约48千米，比卫星落后约1万千米。"发现"号用了4天时间"追赶"上了这两颗卫星，把航天飞机和卫星之间的距离缩短不到11米。

这时，宇航员穿上"航天喷气包"，手持6米长的权杖"漂"上去，插入卫星尾部的火箭"喷气管"，权杖前部像雨伞一样，自动张开固定在卫星尾部；然后航天飞机上的机械手臂伸出去，由另一个宇航员将卫星顶部的天线夹住，接着把揪住头尾的卫星拖进货舱指定位置，拿下权杖，截去天线，用一个A形框架盖上锁住。

这次摘的第一颗"星星"是印尼的"帕拉帕"，最先出马的那个宇航员叫艾伦。由于准备用来夹住卫星圆形天线的框架窄了0.5厘米，而不能使机械手臂发挥作用，结果艾伦像抱着一个哭闹踢打的孩子，与另一个守候在货舱里的宇航员加德纳一起费了九牛二虎之力，才把卫星拖进并且锁定在货舱里。整个"捕捉"和搬运过程花了6小时又10分钟，比原定的时间延长了10分钟。

11月14日，摘第二颗"星星"先由加德纳出征，这次接受了前次的教训，艾伦骑在机械手臂的顶端工作台上，抓住顶端不放，按照同伴吩咐翻动它的位置。加德纳将卫星尾部锁住，留在舱里的女宇航员还是像头一次一样在舱内操纵机械手臂，这样把第二颗失控卫星终于连拖带拽地拉进并且固定在货舱里。

航天飞机"摘星星"的活动获得成功，被认为是"航天史上最雄心勃勃和最重要的活动之一"。从经济上讲，收回卫星每颗花500万美元修理后，可以6000万美元再度出售；从商业竞赛上，可以重振航天飞机发射卫星连连失败的"沮丧情绪"；从航天发展上，这次行动表明可以利用航天飞机在地球轨道上拼筑永久性太空站；在军事上还告诉人们：既然可以在轨道上抓回自己的卫星，难道不能在太空捕捉或破坏敌方的通信卫星？

ok

在太空给"星星"看病

  1984 年 4 月 8 日，美国航天飞机"挑战者"号开始试图在太空中修理一颗发生故障的太阳活动峰期探测卫星，开始几次都失败了。

  4 月 8 日，航天飞机追上了太阳探测卫星，并和它保持 60 米左右的距离。宇航员纳尔逊使用以氮射流为推进剂的喷气背包，飞出了航天飞机，逐步靠近了虽已出故障，可还在运行的太阳探测卫星。

  宇航员携带着一种特殊的装置，准备更换卫星上的老化了的抓钩，然后将卫星拖回航天飞机舱内，可是没有成功。纳尔逊用戴手套的手抓住了卫星的一片太阳能板，正要将卫星拖回机舱，指令长克里平却命令他立即返回，原因是他背包上的氮气已经消耗殆尽。纳尔逊返回航天飞机后，克里平使航天飞机更靠近卫星，然后宇航员试图用机械臂抓住这颗缓缓旋转的卫星，又没成功。

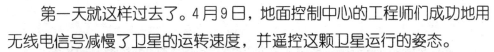

　　第一天就这样过去了。4月9日，地面控制中心的工程师们成功地用无线电信号减慢了卫星的运转速度，并遥控这颗卫星运行的姿态。

　　4月10日，在最后一次的尝试中，指令长克里平和驾驶员斯科比谨慎地发动了几枚火箭，然后小心翼翼地操纵航天飞机靠近那颗卫星。宇航员哈特操纵航天飞机上的机械手，抓住了卫星，并将它从轨道上拖进航天飞机货舱内。

　　这颗太阳活动峰期考察卫星，是1980年2月发射进入运行轨道的。由于保险丝出了故障，10个月之后就基本停止了工作。这颗卫星可以称之为美国观测太阳的一只眼睛。在短短10个月之内，它便获得了大量有关太阳耀斑的重要数据。这颗卫星又是美国宇航局设计的第一颗能用航天飞机回收和修理的卫星。探测卫星的主要系统都安置在外部的盒子里，卫星上还安置了一种抓钩装置，专供航天飞机上的遥控机械臂捕捉时使用。

　　太阳活动峰期考察卫星需做两项修理：一项是更换烧坏保险丝的姿控舱；另一项是置换日冕仪—偏振计试验中的一个电子设备盒，以及日冕仪中的微处理机。

　　首先置换姿控舱，这件工作比较简单，使用电扳钳、活扳子之类的工具就可以解决了。太阳探测卫星有7个主要的试验。为了获取试验结果，其中有4个敏感器必须非常正确地指向太阳。可是由于保险丝失灵，卫星的指向长期处在一个很不精确的状态下，这4个敏感器就无能为力了。更换了姿控舱之后，恢复到精确的指向，探测试验就又能进行。

　　更换日冕仪器的电子设备盒，是一件比较复杂的工作。首先得取下绝缘体，拆下螺钉固定的入口板。接下来拆掉12根电线，最后换上一个电子设备盒和一个盖子。

　　接着，卫星就像医治好创伤的小鸟一样，又飞回到太空轨道上去了。

24小时看到16次日出

020

　　在昆阳的月山上观日出，别有一种情趣。先是东方发白，继而在蜿蜒起伏的群山间拉开了红色的天幕，天幕上出现了万道金光，接着一轮火红的太阳，喷薄而出。在燃烧着的红日边缘火花四溅，活像一个盛满钢水的炉口，直对着你，耀得你刺眼。也像一条巨龙的大口，喷着金云，吐着金雾。滇池的云层像一片片重重叠叠的金色鱼鳞，天是金的，海是金的，田地也是金的。

　　日出的壮观，人们向往。其实，在地球上任何地方看日出，总也比不上在宇宙空间飞行时看日出那么壮观。

　　在载人航天器上生活的人，一天可以看到数次日出，这是因为航天器绕地球轨道飞行，每飞行一圈可以看到一次日出。每次间隔的时间长短，和绕地球飞行的轨道高低有关。轨道高，日出的间隔时间长，反之则短。40年来的载人航天器的运行轨道都还是近地球轨道，飞行高度一般在300～600千米，绕地球飞行一圈需90分钟左右，所以在航天器上的人，24小时之内可以见到16次日出。

在宇宙间看日出，不受气候影响。由于太空没有气象上的云雨天气，太空看日出是十分壮观的。美国一位宇航员说，航天飞机飞行速度很快，太阳出来时好像"迅雷似的"一跃而出，太阳落山时也一样迅速地隐去。日出前，先出现鱼肚色，接着是几条月牙形彩带，中间宽两头窄，两头隐没在地平线上，突然，耀眼的太阳从彩带最宽处一跃而出，一切色彩顷刻消失。每次日出日落仅仅维持很短暂的几秒钟时间，但至少可以见到8条不同的彩带出没，它们的鲜红色变为最亮最深的蓝色。12小时之内可以见到8次日落日出，而彩带没有一次是相同的。地面上的彩虹，七种颜色搭配，到处都一样。而彩带的颜色，每次都在变。彩带的密度每次也不尽相同。我们知道，彩带实际上是地球上空的气体被污染的证明。我们见到的最壮观的日出日落景色，就是出现在大气污染最严重的地区。

还有一位宇航员说，一天的概念对在飞船上的人来说，和地球上意义完全不同。地球上的一次日落日出24小时，在飞船上飞行时日落日出仅仅一个多小时，早晨计算机控制的钟叫醒我们起床，起来后拉开窗帘看宇宙，天色好美好美，美极了！阳光灿烂，可是不大一会儿，太阳没有了，天又暗下来，黑夜又来临了。我们想，又该睡觉了。一会儿日出——早晨，一会儿日落——黑夜，真是有趣极了！

从太空看地球

美国航天飞机"哥伦比亚"号的宇航员约瑟夫·艾伦描述了在太空看地球的情景。

他说："地球不再像从高空飞行的飞机上所看到的那样扁平的了。它成了一个球体……当我往下看时，看到的物体是一层层的，看到云层高悬在空中，它的影子落在阳光普照的平原上，看到印度洋上船舶拖波前进，非洲一些地方出现灌木林火，一场雷电交加的暴风雨席卷了澳大利亚的大片地区，呈现出整个大自然的一幅立体风景画……从轨道上很难看到城市的灯火，除非你在夜晚正好越过一个灯火通明的大城市上空。我们可以看到迈阿密、伯恩和澳大利亚一些沿海城市的灯光，因为我们正好在它们的头上通过。但是，我们看不见纽约的灯光，因为它在北面离得太远了。"

前苏联的"联盟-4"号飞船，飞上了离地球220千米的太空后，宇航员所看到的地球山脉，与大型的地球仪一样。但不同的是，看不见各国之间的分界线。在离地球400千米的空间站上，前苏联的宇航员看到地球上的湖泊、河流、山脉后，感到自己是在一个巨大的旋转着的地球仪上空似的。

太空中观察海洋，就会发觉海洋的颜色是随着太阳照射的角度不同而不断变化。当飞船刚刚飞出地球的阴影时，所看到的海洋颜色很深，几乎是黑色的。太阳照射的角度越接近于垂直，海洋就显得越明亮。起初，海洋是蓝灰色的，接着变成蔚蓝色。更有趣的是，可根据轮船尾部泛起的白色浪花，知道轮船的航向。

长期生活在太空的宇航员，还能看到地球是如何随季节变化而更换"服装"的。1982年，前苏联宇航员在空间站生活了7个月，经历了一年中的几个季节。在观察北半球时，他们有过这样的发现：起初，绿色不断地向北延伸，而白色的雪原逐渐后退；过了一段时间，田野和森林染上金黄色，最后白色又自北向南逐渐延伸，绿色向南退去。

1962年，美国宇航员乘坐飞船，从太空遥望非洲大陆，看到沙漠风景和燃起的野火。一团黄风直上白云，沙漠边缘的草地和森林大火弥漫。许多宇航员都描述过在澳大利亚和印度上空看到的闪电：黑暗之中，有几十道明亮的闪光射向四面八方，闪电一会儿在这里出现，一会儿又在那里出现。

1969年，美国宇航员从月球上观赏了地球的美景。从月球上所看到的地球，比从地球上所看到的月亮大4倍，亮几十倍，其他的星星从地球的身后缓缓而过。更迷人的是地球那层次丰富的色彩：白的云朵，蓝的海洋，棕色、黄绿色的大地，甚至看到一条弯曲的黑线，那是中国的万里长城……

用生命铸成的教训

　　1986年1月28日11时28分，美国佛罗里达州卡纳维拉尔角肯尼迪航天中心，气温降至0℃，发射架和航天飞机上挂满冰柱。

　　在隆冬的阳光照耀下，"挑战者"号航天飞机熠熠生辉，即将开始它的第10次飞行。这次，它将满载着全体美国儿童的希望，把康科德中学的女教师克里斯塔·麦考利夫和其他6名宇航员送上太空。突然，"挑战者"号右侧火箭助推器冒出一股火苗，火舌窜出，越烧越大，迅速吞没了巨大的外部燃料箱。刹那间，"挑战者"号变成一个橘红色火球，随即分出许多小叉，拖着火焰和白烟四下飞散。两枚固体燃料助推火箭脱离火球，因失去控制呈"V"字形向前上方飞去。天空中飘落的无数碎片与浓烟搅在一起，犹如长着两只脑袋的恐龙图案。"挑战者"号航天飞机升空只有73秒钟，便在爆炸声中化为灰烬。

　　初步调查结果表明，当"挑战者"号起飞后外挂燃料储存箱里的超冷火箭燃料渗漏到助推器连接处时,结了冰的密封胶垫未能封住火箭侧面冒出来的火焰,从而导致爆炸。爆炸致使7名宇航员丧生,价值12亿美元的航天飞机被毁。由于世界各地的电视观众普遍收看了现场直播或是实况录像,航天飞机爆炸的惨状,将长久地留在人们的记忆中,成为难以医治的精神创伤。

从当时的记录中发现,莫顿聚硫橡胶公司的设计工程师曾因为气温过低,两次提出警告:航天飞机不宜起飞。然而,助推器主任莫洛厄却感到飞行的任务已定,不容改变,他硬要公司方面提出能够按时起飞的正式建议。在遭到技术人员拒绝后,公司行政管理人员违背科学规律擅自作出最后安全保证,酿成了震惊世界的悲惨事件。

这7名宇航员葬在美国阿灵顿国家公墓。墓碑上写着"谨献给美国'挑战者'号航天飞机勇敢的宇航员们"。光阴没有磨灭生者对死者的怀念。

遇难宇航员迈克·史密斯的遗孀简说,10年前那一天她和三个孩子一起观看航天飞机升空,亲眼看着它变成一个巨大的火球,看着火球变成碎片下坠。她说:"时光流逝,但它不能治愈你的创伤,不能让你忘却。"

宇航员罗纳德·麦克奈尔的母亲至死也不相信儿子已经长眠。她总是对人说,儿子游泳游得好,航天飞机溅落到大西洋后他一定游到了某个不知名的小岛,人们总有一天会再找到他。

71岁的克里根夫人很坚强,她的女儿克里斯塔·麦考利夫原来可以成为第一个太空教师。老夫人现在常常向孩子们讲述女儿的生活,勉励他们努力学习,希望他们有一天也飞向太空。

"挑战者"号机长弗朗西斯·斯科比的夫人在电视上流着泪说,那场悲剧时至今日她还是没有勇气谈起,但她把它写成了书,献给逝去的亲人和热爱航天的人们。

ok

太空垃圾坠地与伤人

　　太空科学家们采用各种办法对太空垃圾的产生及其数量和危害进行观测。美国科学家们用高倍望远镜向天空分区观察，然后用"外插法"计算，推定约有3万～5万件"废弃物"在地球轨道上飞行。一些科学家用电子计算机、26个雷达站和6台望远镜组成的全球网络对轨道上的"废弃物"进行测算，平均每天收集到4.5万件"废弃物"的影像。

　　据太空科学家估计，在近地轨道上除了这些可测见的"废弃物"外，还有几百万个微小的碎片。

　　这些轨道上的飞行物是40多年来人类发射上去的飞行器及其碎片。体积较大的除了几千个正在运行的人造卫星外，有些是废弃的卫星和火箭发动机，还有数万件约有棒球大小的人造卫星碎片。此外还有几百万个豆粒和火柴头大小的碎片和火箭、宇宙飞船上剥落下来的油漆。

美国科学家约翰逊说，坠落地表的大片碎渣"总是会对财产和生命产生危害，但是可能性不大"。

约翰逊说："已有1.5万多次碎片返回地球的现象发生，但其中有些碎片非常小，在大气层中就烧掉了，没有微粒抵达地表。另一方面，我们每年有几十个火箭箭体返回地球，其中3/4都落在水里。"

由于海洋占地球表面的3/4，太空中降落的物体只有1/4的可能性落在陆地上。

物体的体积越大，坠落地表的可能性就越大，碎片散落的范围也越大。太空实验室1979年7月脱离轨道时，其碎片落在澳大利亚西部和印度洋的某些地区。

太空中的垃圾大部分是自生的。随着时间流逝，航天器可能与轨道里的其他物体发生碰撞，从而爆炸或分裂成数不清的碎片。

围绕地球以每小时2.8万千米旋转的垃圾可能给太空中的宇航员惹麻烦，这也是在太空中建造国际空间站的主要原因。随着进入太空的各国制造火箭的技巧越来越娴熟，太空垃圾的数量将越来越容易控制。

1985年5月发射升空的前苏联"和平"号空间站，历经沧桑后于2001年3月23日成功坠毁。

23日8时44分，"和平"号空间站进入了高度为100千米的稠密大气层，"和平"号外挂物，如天线、太阳能电池板等开始脱落、燃烧。8时52分，"和平"号降低到离地面为80千米的高度，由于与大气层间产生更为剧烈的摩擦，加之产生的1500℃的高温，"和平"号主体开始断裂，随之成为碎块，这些碎块一路燃烧，一路熔化，最后那些坚硬没有化成灰烬的碎片（最大碎片重达1000千克）于莫斯科时间上午9点0分12秒安全坠入南太平洋，"和平"号顺利走完了它生命的最后一刻。

ok

清除充斥于太空的垃圾

　　所谓"太空垃圾"，就是人类在进行航天活动时抛入太空的各种物体和碎片。它们多数停留在距地球表面 200～1000 千米的地球轨道上。

　　这些垃圾大致可分为三类：第一类是现代雷达能够监视和跟踪的比较大的物体，主要是各种卫星（包括尚在工作和已经不再工作的卫星）、卫星保护罩、各种部件等等。预计到 2138 年，在 500 千米以下的地球轨道上将有 9.6 万个这类太空垃圾。第二类是个体很小，无法用地面雷达监视和跟踪的各类小碎片，其数量简直无法计算。这类太空垃圾主要由卫星、火箭发动机等在空间爆炸而产生。第三类是美国和前苏联都发射过利用核反应堆提供动力的卫星。现在，太空中还有几十颗这类卫星围绕地球运行。到 2000 年，这类卫星送到地球轨道上的核燃料已多达 3 吨。

　　大量的太空垃圾不仅是航天飞行的潜在威胁，也使地球上的人类经常处在慌恐之中。1983年，美国"挑战者"号航天飞机在空间飞行时，飞机窗口曾被一块空间碎片击中。1978年，前苏联"宇宙-945G"号核动力卫星再入大气层时，将大量放射性碎片溅落到加拿大领土上，引起了各国政府和人民极大关注和不安。

当前，科学家们已提出了一些限制和减少太空垃圾，以致最终消除它们的方案。

减缓方案——它是把运载火箭设计成"无垃圾"型，除由火箭载送入轨的航天器外，其他部分在完成运载使命后，都丢弃在很低的高度以很低的速度飞行，使它们很快坠入大气层烧毁。对于与航天飞行器同时入轨的末级火箭等，则设法排空其剩余的推进剂或气体，以避免它们发生解体或爆炸。一次爆炸就可能产生数百上千个小的碎片，再加上碎片相互碰撞，碎片总数将会急剧上升。同时还要大力提倡"一箭多星"，控制和减少航天发射次数，从根本上减少太空垃圾的来源。

搬移方案——它是利用一个有机动能力的航天飞行器，去接近和捕捉轨道上已报废的卫星和末级火箭，将它们加以回收，或者给它们施加一定的速度，将它们推至不影响航天活动的轨道上去。目前美国的航天飞机已初步具备这种能力。将来，还可以把高于2.5万千米的太空垃圾推至地球逃逸轨道，使它们飞出地球。

清除方案——对付太空垃圾，主要办法是使它们的原有轨道下降到大气层烧毁。对大量的较小的太空垃圾，可以利用一种大型泡沫材料气球，去拦截并吸收它们的动能，使其运行至轨道的近地点，降到大气阻力可以使其再入大气层的区域。也有人提出，利用高能激光去主动照射太空垃圾，使它们减速变轨或化为灰烬。

不时发生的太空"车祸"

　　1979年8月30日，美国"P78-1"号卫星拍摄到了一个罕见的现象：一颗彗星以每秒560千米的高速度，一头栽进了太阳的烈焰之中。卫星照片清晰地记录了彗星冲向太阳被太阳吞噬的情景，12小时以后，彗星就杳无影踪了。

　　由于太阳表面温度甚高，所以太阳曾与多少行星、彗星相撞过，我们无法考证。而在月球上，星体的每一次撞击，几乎都留下了痕迹。地球也遭到过行星撞击，地球环绕着倾斜的地轴自转这一事实，就是证据。

　　地球侧斜着身子绕太阳运转。正因为如此，地球上才有春夏秋冬之分。地轴为什么会倾斜呢？科学家提出：在地球形成后约1亿年，地球轨道近处一个小行星突然闯进地外空间，与地球猛烈相撞。由于原始地球没有大气层保护，这颗直径约1000千米，重量达1012亿吨的星体以每秒11

千米的速度撞向地球，使地球的自转轴发生了23.5度的倾斜，表面温度升高了1000℃。幸亏当时地球还没有生命，否则也一定都毁灭了。这一飞来横祸反而成了好事，使地球从此有了四季，更适宜生物繁衍生长。

证明地球曾受过行星撞击的另一个事实，是在地壳中的中生代地层和新生代地层的里面，发现了一层含铱较丰富的薄黏土层。铱是比黄金、铂更贵重的稀有金属，在地壳中含量极少。而在地核和小行星、彗星中，铱的含量就多一些。科学家认为那时(距今约6500万年前)地球遭到了一颗巨大的镍铁陨星的撞击。它的化学结构与地核十分相似，因此含铱量比地壳中丰富，从而在地壳中留下含铱量突增的痕迹。

科学家还认为，当这颗巨大的镍铁星撞击地球时，由于气温的升高，尘埃的弥漫，地球上有75%以上的物种被灭绝，地球险些成为不毛之地，只有那些繁殖率高，适应性强的较小物种，才勉强存留了下来，而许多大的两栖类爬行动物，都灭绝了。生物考古证明，曾称霸于地球的恐龙，就是那个时期在地球上销声匿迹的。“太空车祸”频繁，居住在地球上的人类是否危险呢？其实大可不必忧心忡忡。因为前边叙述的地球与行星相撞事件，大多发生在地球形成之初。那时，地球还没有大气层这层天然的防护衣，大小星体都可以长驱直入撞击地球。而现在，星体穿过稠密的大气层时将摩擦燃烧，待落到地面，大多已烧成灰烬和碎片了。据统计，未烧光的陨石平均每年在地球上只能找到几块；能在地球上轰击成直径1千米陨石坑的具体碰撞事件，大约每100万年才发生3次，而能产生10千米直径陨石坑的碰撞事件，要1亿～2亿年才有1次。

随着科学的发展，人们还希望化祸为利。如设想应用航天技术来制导，截俘这些可能轰击地球的小行星，或设法使它改变轨道，或用氢弹在太空中将它炸碎。

理想的太空核废料场

　　1千克铀235经过裂变反应所释放的原子能，相当于2500吨优质煤燃烧产生的能量。然而，人类在利用原子能的同时，也产生了带有放射性的核废料。如果处置不当，将会严重污染环境，给人类带来严重的灾难。

　　对于这些难以对付的东西，目前各国所用的处理方法是：将它们装在能防辐射的密闭容器内，然后将这种特殊容器置于坑道内或沉到海底。这两种处置核废料的方法，都没有从根本上解决问题，危害性物质仍留在人们赖以生活的地球上。万一这些放射性物质泄漏，仍会造成危害。在美国曾发生过秘密贮存在海底的核废料发生泄漏而污染海洋环境的事件；在前苏联也发生了贮存在乌拉尔山区坑道里的大量核废料因雨水渗入而造成的核爆炸，其威力比投在广岛的原子弹还厉害100倍。因此，核废料处置是否得当，直接影响到原子能的利用和发展。

　　为此，科学家们经过努力终于找到一种从地球上去掉核废料的好方法——太空处置核废料。

　　浩瀚的太空，无边无际，什么地方最适合作为核废料处置场？科学家们研究了多种方案。有人主张将核废料送出太阳系。这固然是再好不过的，但是这需要有强大的运载工具。频繁的发射，耗费甚大，很不经济。也有人建议将核废料送到高地轨道、月球或月球轨道。这种方法所需要的运载工具功率相对要小一些。但是，长期以来月亮一直被人们看作是美丽和纯洁的象征，在月球上处置核废料，民众舆论很难通过，而高地轨道的长期稳定性需要考虑，万一发生坠落，会给地面带来灾难。

　　经过反复研究，科学家们总算找到了一个比较理想的场所，这就是以太阳为中心，以0.85AU（AU：天文单位，是地球与太阳之间的平均距离，等于149.5×10^6千米）为半径的日心轨道。这个轨道在地球与金星之间。把核废料送到这样的轨道上，可在金星与地球之间稳定运行100万年，完全可以达到使地球环境免受核污染危害的目的。其所需的发射功率远比将这些核废料送出太阳系要小，按目前的航天技术是可实现的，因而在经济上和技术上都是可接受的。

　　核废料的太空运载系统包括航天飞机以及置于航天飞机货舱内的重返大气层飞船，可重复使用的空间拖船及仅供一次使用的太阳轨道飞船。

　　航天飞机进入地球上空300千米的低地轨道后，由机械手将核废料从重返大气层飞船的防辐射罩内取出，安装在太阳轨道飞船上，由空间拖船送入通往日心轨道的转换轨道。在转换轨道后一阶段，空间拖船与太阳轨道飞船分离，飞回低地轨道，与航天飞机交会，并由机械手捕捉进入货舱，带回地面再次使用。而太阳轨道飞船则自动点火继续飞行，大约飞行160天之后，便稳定地处于日心轨道，核废料就这样被送到了太空。

航天气象

　　航天气象是由航天技术服务的气象保障工作和航天气象学两个部分构成的气象学科。

　　航天气象中心主要工作是天气预报、气象观测与探测，以及提供航天技术所需要的气象资料。

　　运载火箭在发射台上以及上升飞行阶段中，恶劣能见度会使光学测量系统无法瞄准与跟踪。大风、阵风和风的切变是重要的扰动力，可使火箭产生气动载荷，且一般随火箭尺寸的增大而增加，严重时可能使其损坏。闪电和雷暴也会影响火箭安全。在距发射场16千米外如有闪电，在扰动的大气中能够使竖在露天发射台上的火箭产生尖端放电，因此而产生结构上的和电子设备的损坏。氢化推进剂一旦泄漏，比空气轻的氢气体上升，甚至可能被16千米外闪电所引起的尖端放电点燃而爆炸。因此在受闪电威胁时，场地可暂时停止工作。火箭起飞后，从发动机喷口喷射出的高速炽热的锥形烟云粒子流与雷暴云接触时，会构成最理想的闪电通道，火箭因此往往可能遭到雷击。因此在发射运载火箭时需要考虑闪电威胁。

人造地球卫星和宇宙飞船在轨道运行时，辐射对人员和物质的影响、太阳粒子和流星体的撞击、轨道环境的气体，都是应该考虑的重要因素。卫星和飞船是在距地球表面几百千米以上的高度飞行的，虽然在这样的高度上大气密度已极其稀薄，但对卫星和飞船，还是有影响的，特别对那些在低轨道运行的卫星和飞船影响十分显著。这种影响的主要表现是大气阻力摄动。大气阻力的摄动会影响其轨道的大小、形状和存在时间，使其轨道高度降低，轨道不断缩小，最后使卫星和飞船坠入稠密大气层，终止飞行。为了确定卫星和飞船的真实位置，必须运用大气阻力摄动的基本方程，精确地计算出大气阻力摄动数据。对于需要回收的航天飞行体，在完成了预定的任务之后，从轨道下降点安全地返回地球，并且还要到达地球上的特定地点。在再入时，航天体要进入指定的狭窄再入走廊，而确定再入走廊，就需要高层大气密度、温度和风的精确资料。当航天体进入稠密大气层直到张开减速伞下降时，会受到严重的气动力影响。对流层顶的急流区及其以下的高空风对两级开伞和开伞后的航天体运动，都有重要影响。航天体着陆的预报运动区域是相当大的，气象部门不仅要对预定回收地点，而且还要对几个应急回收地点以及可能出现事故，致使航行不能按期结束的轨道，提供天气预报和气象资料。

航天杀手——诱发闪电

036

　　雷电是带正电荷的阳离子气团和带负电荷的阴离子气团，在高空相撞时产生的剧烈放电现象。闪电一瞬间可以产生上万安培乃至10万安培的峰值电流。这样强大的电流，足以使直径几厘米的闪电通道上迅速增温几万度，炽热高温使空气完全电离，发出耀眼的光亮。闪电的能量是在十万分之几秒的时间内释放的，因而会形成震耳欲聋的爆炸声。强大电流通过钢、铝一类导体，可使金属熔化。1969年一场"诱发闪电"差一点让"阿波罗－12"号飞船登月失败。

　　那是11月14日上午，美国肯尼迪角第39A号发射场上，观众在微微细雨中等待"阿波罗－12"号飞船发射。他们中间有总统尼克松以及基辛格等头面人物。因为这次发射是筹备已久的载人登月飞行，引起了人们极大的兴趣。

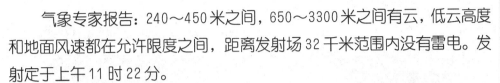

气象专家报告：240～450米之间，650～3300米之间有云，低云高度和地面风速都在允许限度之间，距离发射场32千米范围内没有雷电。发射定于上午11时22分。

火箭准时点火起飞后，飞行稳定正常。但是飞行了36秒钟，到达1920米高度时，观众突然看到：云层——火箭——地面之间，出现两道平行的蓝色闪电。

指令舱中的警铃响了，由于雷击，三个燃料电池与母线自动切断，造成飞行平台失控等一系列不正常工作状态。当飞行52秒钟后，飞行高度到达4300米时，第二次闪电出现了，登月火箭遭到进一步破坏，航天飞行眼看就要夭折！

宇航员们火速采取应急措施，启动备用电池、迅速排除故障，这才保证了火箭按预定飞行程序，到达月球。

事后，美国宇航局召集有关单位，一同调查研究。结果表明：这次事故是在没有自然雷电存在的条件下，因发射飞船，人为改变了大气电场而引发的雷电现象。科学家们把这种雷电称之为"诱发闪电"。

实验证明，用一根长导体放到电场强度为每米10千伏以上的大气中，当导体端点的电势（单位正电荷沿电流回路移动一周所作的功）增大到1000千伏时，便可以产生"诱发闪电"。"阿波罗－12"号飞船和发射它的"土星 V"号火箭，加在一起总长度约为110米，起飞后喷射火焰折合成导电长度约110米，两者加在一起约有200多米。随着飞行高度的增加，火焰的总导电长度也不断增长，结果使导体端点对地、对云之间的电势高达2000千伏，足以击穿大气诱发雷电现象。

ok

太空舱内的"水灾"

地球有一种奇异的力量，它能把地面上的物体向下拉住，这种力叫做重力。熟了的苹果只能向下落，不会朝其他方向飞去；你使劲往上跳，即使跳得很高，总是很快落到地面。

重力是地球表面附近物体所受到的地球引力。受地球自转所产生的"惯性离心力"的微小影响，同一物体在地球上不同纬度和高度，所受的重力稍有不同，愈近两极或愈近地面，重力愈大一些。广义上，任何天体的物体向该天体表面降落的力，都称"重力"，例如月球重力、火星重力等。

重力的大小随着高度的增加而迅速减小。在地面上体重是50千克的登山运动员，登上海拔8848米的珠穆朗玛峰顶，体重大约减轻0.14千克。如果用火箭把这位运动员送到高地面6371千米的高空，他的体重就只有

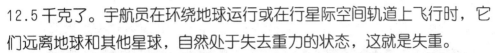

12.5千克了。宇航员在环绕地球运行或在行星际空间轨道上飞行时，它们远离地球和其他星球，自然处于失去重力的状态，这就是失重。

当飞船和航天飞机在太空飞行时，机舱内的物体和人员处于失重状态，任何东西一旦脱手，便会在空间中飘动，难以收拾。

1977年，前苏联发射的"礼炮"号，在太空进行科学实验。两位宇航员所从事的多项科学研究中，有一项是灌溉和观测几盆带上太空的植物。他们每天给植物浇水，记录生长情况。头几天，实验工作进行顺利，但在4天之后，两位宇航员浇水时，偶一不慎，把浇水的容器打翻了。大约有2升多的清水逸出，在空间中凝聚成一个球形的水泡。水泡不受控制地飘动奔逸，使两位宇航员束手无策。

浮动水泡会酿成大灾难，因为只要水泡碰触到舱内的仪器或实验品，就有使它们受到损坏的危险。而且这个相当巨大的水泡威胁到舱内的电线，破坏电的供应。情急之下，一位宇航员想出了一个极原始而又有效的办法，即与另外一位宇航员追赶水泡，不断地把飘浮的清水，大口地吞入口水，经过几小时的吸啜，终于把这股灾难性的清水喝个一干二净，避免了一场危机。

美国的宇航员比较幸运。在多次的太空飞行中，并未出现过如此严重的"水灾"。不过在一次"阿波罗"号太空实验飞行中，也曾出现过一次轻微的漏水事件。由于泼出的水不多，结果由宇航员手持大毛巾，追逐水球，费了好大劲儿，才把它们吸干。

宇航与环境保护

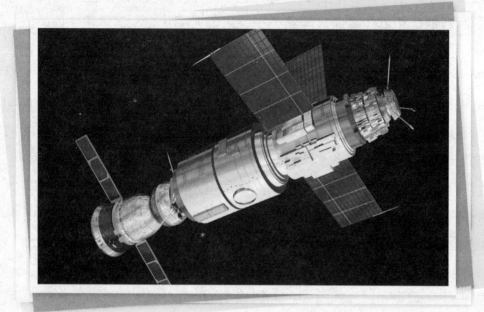

040

　　1995年3月，俄罗斯宇航员波利亚科夫在"和平"号空间站创造一次连续太空飞行438天的纪录，并安全健康地返回了地球。这，我们得感谢科学家为宇航员建立了一整套生命保障系统，才使人类得以离开地球，进入太空，进行长时间的工作和生活，而后又安全返航。

　　载人宇宙飞船和空间站里，都有个人工大气环境，它的压力和成分与地面大气相接近，其中氧约占20%，氮约占80%。然而，人每天需要吸入氧气，还要呼出二氧化碳，怎样才能保证飞船里有足够的氧呢？科学家想出种种办法，利用一种装置"氧源"自动吸收舱内的二氧化碳，然后放出氧气，以此来保证氧的平衡。

　　人每天要消耗水，同时在汗、尿、便中又要排出大量的水分。于是飞船里安装了水的再生系统，将汗、尿、便的水搜集后加以净化，如此反复循环，供人使用。

飞船中废弃物的处理也是不可缺少的一环。国外发生过多起因舱内卫生条件不良而中止地面模拟实验和飞行的事例。通常，宇航员的大便，在抽水便桶里装有塑料盒，粪便落下，阀门迅速关上塑料盒，外包橡皮袋，投入废物箱，再弹射到太空，进入大气层后被烧掉。

有趣的是，最早提出"环境科学"这个词汇的就是宇航学家。那是美国学者在研究宇宙飞船中人工的环境问题时提出来的。

为了在宇宙飞船中建立一个自给自足的密闭生态系统，就要研究地球上的环境。像地球上的大气成分，水、生物之间的循环等等。

宇航学家的研究启发了我们。我们应当怎样看待我们的地球呢？

说"空气是取之不尽的"，看来未必妥当。绿色植物正像宇航员那宝贵的"氧源"，它们利用太阳能进行光合作用，吸入二氧化碳，放出人类赖以生存的氧。然而，人类正在大面积地砍伐森林，破坏植被，这岂不是在毁灭人类自己的生命保障系统吗？

说"水是用之不竭的"，看来也不恰当。人需要的是干净清洁的水源，飞船里的水被污染了便会威胁宇航员的生存。我们不顾环境保护的需要向江河湖海里排污，岂不是自毁水源？

人类的活动也产生了大量废弃物，而对废弃物的最佳处理方案是"变废为宝"，"再生利用"。这一点，宇航科学家为我们做出了榜样。

宇航科学家的可贵之处就在于在人类没有飞上太空之前，就提出了环境科学的研究课题。倘若我们在建设工厂之前，就把环保问题列入议事日程，施工时认真对待，岂不更好！

航天科学技术给我们最大的启示就是：地球实际上也是个大宇宙飞船，地球上的每一个人都应该认真地保护人类自己的生命保障系统！

绝对安全的宇宙飞船降落地

　　美国载人宇宙飞船，现在已经借助降落伞和火箭降落地面，代替了过去落入海洋的旧方式。这对于研究载人宇宙飞行的安全性与适应性都很有帮助。因为太空计划的目标在不断增高，如果仍把海洋限制为降落地区，有时就要增加工作上的困难；如果能将陆地亦列为降落地点的话，那对宇宙飞船从两极的上空轨道回返地球，或让宇宙飞船以超轨道速度自月球回航，都极为方便。

　　宇宙飞船降落陆地，当然不是什么新鲜事，前苏联所有的宇宙飞船都降落在陆地上。而刚好相反，美国宇宙飞船却从开始到现在，一直降落于海洋中，然后再由船舰将其捞出，这属于技术问题吗？当然不是。

　　既然如此，为什么美国和前苏联两国制订的宇宙飞船降落计划如此不同呢？我们打开世界地图，便可立即发现：前苏联本土的陆地极广，在它周围的海洋多属严寒或在条件上对太空船员——宇航员潜藏着极大的危险，除非降落后能在极短的时间内将宇宙飞船打捞出水，否则宇航员就难免冻死。在前苏联附近，唯一暖和一些的水域是黑海和里海；波罗的海仅在夏季能够使用。

尽管美国本土也有广大的陆地，但是，要找一处适合宇宙飞船着陆而又人口稀少的理想陆地，就不简单了，这些地点不是山就是炎热而高温的沙漠，或是冰雪严寒的草原，本不利于人类居住，当然更不利于宇航员的降落了。无论如何，在巴哈马群岛以北的广阔海洋区，飓风甚少，其中气候及海洋情况，可说终年都处于良好状态。因此美国太空计划的第一阶段，就选择了水面降落。

在美国肯尼迪角的东方海面降落，对美国宇航员来说，还有另一个好处：无论是"信使神"号或"双子星"号飞船，在返回地球时，万一与地面援助站联络信号失灵，宇航员仍可立刻采取紧急措施，将飞船降落到预定地点数百千米外的海面上，同样可获得安全。同时，各援救舰艇也会立即从待命地点出发，抢捞落海的宇航员。

而前苏联载人飞船降落，需经东北部的太空中心到西伯利亚东部一带的路程。如果遇到紧急事件，就会被迫降落到极寒地区，可能直升机在此恶劣天气里都无法达到救援地点，以致使宇航员陷入绝境，这也说明前苏联载人飞船为什么不能在冬季发射的原因了。

美国自早期的"信使神"号宇宙飞船飞行以来，由于宇航员的降落非常精确，每次都能在援救船视线内落入海中，这简直成为"双子星"号惯常的演习一样了；虽然是这样，可是只要降落伞一张开，"双子星"号的俯冲降落，仍难以再予控制。

航天飞机的灵魂

　　电子计算机是用电子管、晶体管或集成电路等构成的复杂机器，能对输入的数据或信息非常迅速、准确地进行运算和处理。电子计算机又称为"电脑"。

　　航天飞机的控制系统是电子计算机，有人称其为航天飞机的灵魂。

　　航天飞机的计算机系统共有五套，其中有一套是作为"预备队"使用的。四部计算机可以同时处理几种信息，也可以同时处理一种信息。但是，其处理结果必须是一致的，才能发出动作指令。否则，这种结果将认为是错误的。这样，四部计算机就可互为引证进行校对。有时也可能出现一部计算机的结果与其余三部不同。每当出现这种情况时，它就会"害羞"似的自动停机，由其他三部计算机去复算、核对，直至复核的结果再一次一致时，才被认为是正确的，并且发出指令进行工作，如果复核的结

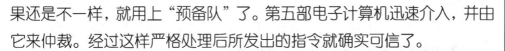

果还是不一样，就用上"预备队"了。第五部电子计算机迅速介入，并由它来仲裁。经过这样严格处理后所发出的指令就确实可信了。

　　航天飞机上的计算机就像人的大脑一样，可它运转得比大脑要快得多。经过精密计算和仔细核对之后发出的指令准确无误，这就大大地减轻了地面遥控中心的负担。美国在"阿波罗"空间飞行时期，所有宇宙飞船的行动都是由地面控制中心来完成的，操纵人员多达100多人。现在，由于采用了计算机系统，航天飞机在升空时，只要4人进行控制监视就够了。

　　航天飞机的仪表板上有1400多个开关、按钮，宇航员通过这些开关、按钮实现控制和调整，同时还可以依靠装在舱内的三部电视系统观察了解周围的情况。其中两部电视机是负责资料和数据采集的，这些数据包括飞行轨道、导航系统。另一部电视机则用以控制电源、油压和其他自动系统。倘若发生问题，比如一个氢气缸的燃料压力骤然下降，宇航员马上就会听到警告讯号，仪表板上的氢气压力灯，也会随之亮起来。

　　航天飞机在升空之前9分钟内，操纵完全是自动的，电子计算机以每秒32.5万次的速度进行作业。这样的运算速度，要比"阿波罗"宇宙飞船上的电子计算机快10倍！

航天飞机的"手臂"

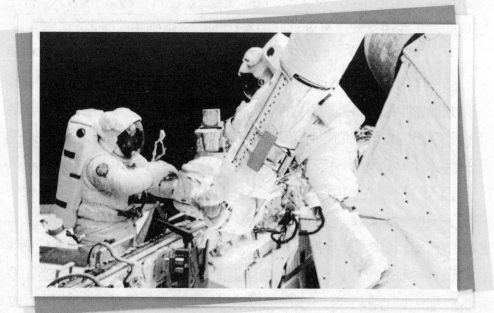

美国航天飞机"哥伦比亚"号，在第二次 54 个小时的飞行中，宇航员花了近一天时间对它的遥控操纵系统进行了各种测试，结果表明它已达到设计要求。

遥控操纵系统，又名太空起重机，是由加拿大科学家和工程师设计制造的一条机械臂，因此也叫"加拿大手臂"。

加拿大手臂长 15 米，粗 38 厘米，重 410 千克。它能以每秒 6～60 厘米的速度搬运物品，并且在太空失重的情况下能举起体积大如一节火车车厢的物体，也就是说，一个长 18 米、直径 5 米、重约 3 万千克的庞然大物。

机械臂的构造与人的手臂十分相似：由肩膀、肌肉、骨头、神经、关节、皮肤等组成。机械臂的两根"骨头"由极轻的碳合金组成；微型电动机是它的"肌肉";从肩通到手腕的 300 根电线是它的"神经",还有 6 个自动"关节"以及不锈钢或铝合金的齿轮,使这只人造手臂活动自如。机械臂没有手指,却有 3 个金属环,能把物体抓起来。机械臂的顶端,还有一个十分精确的有触感的电子装置。电子触角分秒不停地计算关节的角度及它的转动速度,并不时把情况报告给机械臂的"大脑"——"电脑","大脑"再计算出手臂即将动作的速度、姿势,并向每个关节下达必要的指令。此外机械臂上还有一层特别的"皮肤",由多层绝缘片所组成,既能御寒,又能隔热,使机械臂保持一定的"体温"。

　　机械臂是由航天飞机上的宇航员来操纵的。宇航员可以透过窗户看到窗外的东西,也可以通过装在机械臂上各个不同点的摄像机从电视屏幕上观察外面的情形。宇航员通过操作一系列极其复杂的齿轮、钢丝、绳索和电脑装置,可以使机械臂极其精确地、随心所欲地运转,如同使用自己的手一样。要用机械臂搬动的物体必须有一个 30 厘米的金属制的插座,好让机械臂抓住它。

　　机械臂的作用是把卫星从货舱中推出,送入地球轨道,这与使用传统的火箭相比,既可以降低卫星发射的费用,也可增强安全性。它还可以从轨道上把卫星收进货舱内修理,或带回地球,用这一方法发射和接收卫星是制造航天飞机的主要目的之一。实际上,机械臂是宇航员的真正手臂。

太空 "握手"

美国"发现"号航天飞机在轨道上飞行8天后，于当地时间1995年2月11日早晨6时50分在佛罗里达州肯尼迪航天中心安全着陆。由5名美国宇航员和1名俄罗斯宇航员组成的乘员组，按计划成功地完成了航天飞机与"和平"号空间站具有历史意义的太空相会任务。

这次相会可谓是好事多磨。航天飞机刚进入轨道不久就出现了姿控发动机泄漏燃料的问题，俄罗斯担心这可能会污染"和平"号上的太阳能电池板以及与空间站相接的"联盟"号太空舱的光学传感器，所以要求取消这项计划。

两国宇航局经过通宵达旦的谈判，于最后时刻终于达成如期会合的协定。

"和平"号空间站是1986年发射入轨的，重100吨的T形空间站设计

寿命为7年，如今已经超龄服役了。

在2月6日航天飞机与空间站会合之际，轨道站上3名宇航员中，2名在过太空中的第125天，一名正在创下第394天的太空停留新纪录。

符拉基米尔·蒂托夫是第二位搭乘美国航天飞机的俄罗斯宇航员。上次太空停留时间366天的纪录就是他于20世纪80年代末创下的，他这次负责相会期间的通信联络和导航工作。

蒂托夫在航天飞机上第一眼看见空间站时两者相距340千米之遥。航天飞机从下方向空间站靠拢，并在从相距800米时开始改为手动，格林尼治时间6日19时20分，36米长的航天飞机与空间站的距离缩小到了11.3米，这是此次会合的最高潮，此时航天飞机和空间站距地球太平洋上空392千米，对地速度为每小时2.8万千米。随后的十几分钟时间里，航天飞机与空间站的距离保持在11.3～13.4米之间，这是太空中所有9位宇航员最激动的时刻。不过此时最得意的还是"发现"号航天飞机上的机长詹姆斯·韦瑟比，当他透过驾驶舱玻璃看见空间站上的宇航员在向他招手时，激动地说："这是太空芭蕾。"但是并不是所有宇航员都有机会向空间站上的同行招手致意，因为总得有人要全神贯注地严密监控航天飞机的运行情况，以防乐极生悲，发生"太空之吻"的惨剧。

太空相会是航天飞机机组人员此次要完成的一项最重要的任务。此外，航天飞机机组人员还成功地释放和回收了一颗空间物理探测卫星和进行了太空行走。

宇宙飞船中的"离子土壤"

随着宇宙事业的飞速发展，人类已经取得了在太空中任意遨游的自由。但是，银河中的星球离我们太遥远。

1996年12月4日，携带一个星际探测器的航天器——美国机器人探测器"火星探路者"号发射升空。它经过长达4.94亿千米的长途飞行，历时7个月，于1997年7月4日抵达火星。而载人宇宙飞船飞往火星需要9个月的时间，假如宇航员在火星上工作一年，飞船除要携带勘察工具、探测仪器以及返回火箭推进剂外，还需要带足3年的主副食及生活用品。如果要飞往其他地外行星，需要的时间就更长了。

据估算，飞船以每秒16.7千米的速度飞行，1年才能到达木星，2年才能到达土星。到太阳系中最远的冥王星上旅行，足足需要19年。倘若飞出太阳系那需要的时间就更长了，甚至需要几代人呢！在漫长的旅行中，宇航员需要不断吃到新鲜的蔬菜，才能满足人体的营养需要。要在飞船中种植蔬菜，可真是个难题，地球上带去的土壤会污染宇航环境，在失重的情况下，用水栽法又行不通。怎么办呢？

科学家发现植物从土壤中吸收的营养，仅占土壤总重量的千分之一。因此，他们设想把植物所需的营养成分浓缩在一种物质里，用这种物质来栽种蔬菜。他们设计了一种奇妙的"离子土壤"，这种"离子土壤"是用离子交换树脂制成的。什么是离子呢？原子或原子团失去或得到电子后叫做离子。失去电子的带正电荷，叫正离子（或阳离子）；得到电子的带负电荷，叫负离子（或阴离子）。离子土壤那海绵状的体内贮藏着植物所需的营养物质，它能不断地向植物提供所需的钾、钠、钙等离子。科学家们在"地球星际航行模拟站"上作了试验，在与世隔绝一年的温室内，种植了青菜、卷心菜等蔬菜，结果连续获得10次丰收。为了防止"离子土壤"在失重的情况下散失，他们把离子交换树脂熔化成黏稠状液体，再加压从小喷嘴中吐出像人造丝一样的丝条，织成离子地毯。平时卷成一团贮存，使用时只需平摊开来，浇上一些水，就可以种植蔬菜。有了这种"离子土壤"，宇航员就可以在漫长的星际航行中，吃到新鲜的蔬菜了。

植物能在太空发育生长

052

前苏联3名宇航员在"礼炮-7"号空间站上连续飞了237天，证明了人能够长期在太空中工作和生活。1995年3月，俄罗斯宇航员波利亚科夫在"和平"号空间站又创造了单次连续太空飞行438天的新纪录，进一步证明了人能够长期在太空中工作和生活。那么，在地球上陪伴人类的成千上万种植物也能在太空发育生长吗？这是自第一艘宇宙飞船上天遨游以来，科学家们致力研究的一个课题。经过多年的实验，现在太空已能长出绿草鲜花，栽培出蔬菜和水果，为荒漠的宇宙空间增添了生命的色彩。

早在20世纪60年代初，随着美、苏两国载人航天的兴起，就开始了太空栽培植物的实验计划。最初是把小球藻、洋葱、黄瓜、胡萝卜、小麦等的种子送上太空，研究宇宙空间的各种因素对植物生长的作用。在美国航天飞机的历次飞行中，几乎没有停止过太空栽种植物的实验。1983年

11月，"哥伦比亚"号航天飞机的欧洲"太空实验室"专门开辟了一所轨道植物园。宇航员在飞行中对8棵正在发芽的向日葵进行了观察，拍摄了它在失重条件下的生长情况。1984年4月，"挑战者"号航天飞机把一个盛有1400万粒植物种子的实验装置带上太空，其中包括蔬菜、水果、花卉等120个品种。这个装置在太空轨道上运行10个月之后，1985年由宇航员带回地面，以研究太空失重状态对植物萌芽的影响；了解宇宙辐射是否能改变这些植物的遗传密码，从而培育出一些更有价值的新品种。

前苏联发射的太空轨道空间站是进行太空植物栽培实验的理想场所。宇航员在装有人工土壤的容器里播种靠自动装置供给植物生长所需的水、阳光和空气。在实验中，曾发现在太空栽培的植物生长紊乱，有时根部冒出土壤；有时枝杆弯曲，甚至盛开的兰花很快凋落，豌豆尚未开花就已枯死。但经过多次实验，采取各种方法解决太阳辐射、失重环境的影响，许多植物种子在太空绽出了新芽，长出了新叶，甚至开花结籽。1978年，前苏联两名宇航员在"礼炮-6"号轨道站上品尝了他们在太空亲手栽种的洋葱头；1979年，"礼炮-6"号上的兰花长出了新枝绿叶。在他们的太空轨道空间站上出现了一块块名叫"绿洲"的花圃菜园，使得广袤的宇宙空间充满生机盎然的景象。

最引人注目的是他们在"礼炮-7"号上度过了漫长的211个昼夜，这对进行宇宙植物生长的实验是十分有利的。他们在轨道站上播种阿拉伯草，经过56天的栽培，终于开花结籽，实现了植物在太空从播种到收获的全过程。当前苏联女宇航员萨维茨卡娅乘坐宇宙飞船登上"礼炮-7"号轨道空间站时，在站上工作的两名宇航员向她献上了一束"宇宙鲜花"。萨维茨卡娅还帮他们收获了200多粒花籽，并带回地球。科学家们认为，宇宙植物的出现，为人类打开宇宙空间的大门又向前迈进了一步。

在宇宙间进行电子束加工

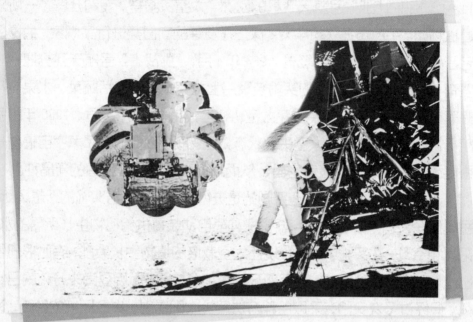

　　1984年7月25日，前苏联女宇航员走出"礼炮-7"号空间站，在离地面300多千米的太空，借助电子束装置，成功地进行了焊接、喷涂和金属切割等舱外作业，受到各国的关注。

　　电子是最早发现的粒子，带负电，电量为 $1.602\ 177\ 33 \times 10^{-19}$ 库，是电量的基本单元。质量为 $0.910\ 938\ 97 \times 10^{-30}$ 千克。电子的定向运动形成电流。电子束是由阴极射线产生的束状电子流。电视机和电子显微镜就是利用电子束形成影像的。

　　电子束装置，是一种产生电子束流的工艺装置，以电子束焊接，其原理像电视机显像管中的电子枪。电子枪产生电子束流，在强电场的作用下，以极快的速度轰击焊件表面，由于电子运动受阻而被制动，即将电能转化为热能熔化焊件，形成牢固的接头。电子束装置通常采用几千至几万伏的电压。为了缩小电源装置的外形尺寸和减少重量，宇宙飞船携带的电子束装置，创造了蓄电池独立供电，采用晶体管逆变流器获得恒定电压，其工作频率高达 1000 赫兹，设备采用多元件备用，工作稳定，即使少数元件出了故障也不会对设备产生不良影响。

电子束装置将电能转换为加热和熔化金属的热能，束流的直径一般却很小，仅有 0.1～1 毫米，但其效率高达 80%，加热区的能量强度达到 10^6 千瓦／平方厘米，略逊于激光束，广泛应用于金属焊接、切割、熔炼、喷涂和精密加工。1983 年，前苏联"礼炮 -7"号 3 名宇航员，借助电子束加热坩埚，将铜银合金喷出，使合金在金属表面冷凝，获得满意结果。

电子束加工的成功对于开拓宇宙工业具有十分重大的意义。一是获得了有关金属加热、熔化及其状态的具体数据，以及这些液态金属有关表面张力、附着力、对流、扩散等主要参数在失重条件下的变化，为在失重条件下进行焊接、铸造、材料加工提供了可靠的依据。二是明确了电子束加热源在宇宙 的工作状况，在失重条件下，电子束加热源适合于各种金属的加工、熔炼和喷涂、焊接和切割，具有广泛的推广价值，是宇宙工业必不可少的工艺方法。三是取得了人在宇宙条件中使用电子束装置的实践经验，宇宙飞船要求电子束装置重量轻，体积小，对宇航员具有最大的安全性和可靠性。

王赣骏的液滴动力实验

056

　　1985年4月29日，美国"挑战者"号航天飞机在肯尼迪航天中心再度发射，进行第17次航天飞行。在这次飞行中，美籍华人科学家、宇航员王赣骏博士，成功地进行了"液滴动力实验"。

　　所谓液滴动力实验，也被称为"零地心引力的液态状态研究"。换句话说，就是液滴在无地心引力和无容量状况下的动态研究，所以，也叫"两无"实验。

　　我们知道，在地面对液体的物理状态进行研究是不能离开容器的，而容器对实验是有很大影响的。尤其是在高温条件下，由于受容器"污染"的影响，许多实验只能限制在理论研究方面。直到人类登上太空之后，在"两无"条件下进行金属液滴实验才提到了议事日程上来，正如王赣骏自己所说："200年前，牛顿就曾设想过在失重情况下进行无容器冶炼试验。等了 200 年，我运气好，'祖上积德'，终于让我等到了。"

在太空进行的液滴实验，人们看到的是：一滴滴形状各异的金属溶液，它们不是盛在容器里，而是悬浮在半空中。王赣骏说，只有在太空中才能做出这种无容量的耐高温或超低温的金属材料。

当航天飞机进入轨道后，王赣骏来到太空实验室，谁知正在这个节骨眼上，液体动力仪失灵了，致使实验无法进行，这意味着十几年的准备工作很可能前功尽弃。王赣骏心想："第一个上太空的中国人不能失败，我一定把它修好，争这口气！"他立即与地面的助手联系，几乎把仪器全部拆卸一遍，终于用两天又 8 个小时的时间找出了故障——一个线路短路，故障排除之后，兴奋万分的王赣骏每天工作 15 个小时，抓紧有限的时间进行液滴动力实验，取得了大量宝贵的数据和资料；同时，还为别人完成了 14 个项目的实验。王赣骏液滴动力实验获得圆满成功，使科学界感到震惊，对整个流体动力学的研究，无容器冶炼先进技术的开发，以及天文物理和地球物理理论的运用等，都作出了突破性的贡献，为今后这方面的实验打下了基础，为未来的"太空工厂"开辟了一条崭新的道路。

王赣骏博士虽已加入美国籍，但仍然有着深厚的民族感情。当"挑战者"号飞过中国大陆时，他在起居室原地跑步，直至飞离中国上空，以示他来自中国。他还将录有 14 首中国歌曲的录音带和中国名茶带上航天飞机欣赏和品尝。航天飞机降落后，他在公开发言中的第一句话，是用纯正的中国话说："谢谢大家的关心和爱护！"在乘航天飞机上天时，他随身携带了一面中华人民共和国国旗。在他回国访问时，他将这面五星红旗赠送给了中国。

太空课堂

　　1986年1月28日，美国航天飞机"挑战者"号在当地时间11点38分点火起飞，拖着刺眼的火柱，直升蓝天，开始了航天飞机第25次飞行。当计时器指到75秒钟，"挑战者"号升到1.5万米高空时，突然发生爆炸，机上7名宇航员无一生还。

　　在美国新罕布什尔州中学，有200多名学生聚集一堂，正在聚精会神地观看电视屏幕。他们的老师麦考利夫女士是这次"挑战者"号宇航飞行使命中唯一的民间乘员。她计划在空间为她的学生讲授人类第一堂"太空课"。当电视屏幕上出现爆炸的瞬间，学生们面孔上幸福的闪光突然消失，直到5年后的1990年，麦考利夫的遗愿才得以实现。

　　1990年12月2日，"哥伦比亚"号航天飞机腾空而起。这次飞行的第6天，在太空进行了一次别开生面的教学活动。先由天文学家塞缪尔·

达兰斯上了20分钟的天文学课。他向美国中学生说："我现在在地面上空320千米轨道上运行的'哥伦比亚'号航天飞机上，我想跟你们谈谈宇宙、天文学、恒星……"

几乎所有的美国中学都转播了这堂"太空课"，同时还精选了一些七八年级的中学生集中在马歇尔航天中心听课，他们可以随时向达兰斯提问和阐述自己的观点，并通过航天飞机上的"天文-1"号观测台观测木星及其卫星。接着，物理学家杰弗里·霍夫曼做了几个有趣的实验。其中有一个失重条件下水泡悬浮空中的实验最为生动有趣。这些实验都是在地面上无法做的，令学生们眼界大开。

1995年11月，还是在"哥伦比亚"号航天飞机上，上了人类有史以来的第二堂"太空课"。这次是由美国女宇航员、空军上尉凯迪·科尔曼博士充当太空教师，讲授的是微重力环境中物质的混合，并演示了令人难以置信的油、水混和实验。在地面上难以混合的油和水，在微重力环境中当场混在一起变成一个浑沌的"油水球"，令广大青少年目瞪口呆。

生动的太空课堂，教学效果特别好。它使学生们了解到当代航天技术如何扩大人类的视野；观测到微重力环境里，水泡表现出的许多奇妙的行为特征，油和水是怎样变成一个浑沌的"油水球"。当然，太空课堂的真正意义是不止如此，它是深远的，就如霍夫曼所说："我们是想通过这堂课来激发学生们从事科学、工程研究和教育事业的兴趣。"

"太空课堂"可向全美国、全世界授课，对于青少年有无限的魅力。我们深信，将来有一天，"太空课堂"会成为我们学校的一个重要组成部分。

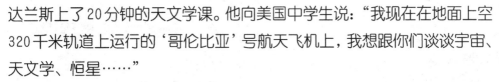

开发空间资源需要载人航天

060

自20世纪60年代初宇航员加加林进入太空，揭开世界载人航天史崭新篇章以来，载人航天取得了巨大发展，耗费了巨大的人力、物力、财力，但人类并没有从载人航天得到多少回报。那么，为什么要发展载人航天呢？这是因为：要开发利用空间资源，就需要发展载人航天。

人类为了社会进步和生活，总是不断扩大活动的领域，探索新的理论和方法，开发和利用更多的资源。这是包括空间科学和技术在内的高新技术发展的动力。外层空间（简称空间，又称太空）是人类扩大其活动范围的最新疆域，它广阔无垠，拥有丰富的空间资源。空间资源可分为两类：一类是天然资源，如高真空、太阳能、月球、微小行星等；另一类是因航天器在轨道上运行而自然产生的资源，如航天器对于地球表面的高位置和高速度，航天器的微重力环境等。空间资源也可以分为信息类、能源类和物质类三类，这三类资源的开发都会给人类带来巨大的利益。

40年来，航天技术为开发利用空间资源所作的努力，只是在开发航天器高位置和高速度资源以获取、传输和转发信息方面取得了明显成就，获得了巨大的利益，例如通信卫星、遥感卫星的广泛应用。开发这类信息资源，在现有技术条件下可以全部自动化，不需要人在轨参与，不受载人航天的制约。

进一步开发空间能源和物质资源，如利用航天器微重力环境制备高级材料和高级药品；在空间获取能源和建立电站等，由于获取、加工、运输和存储的主要是物质或太阳能，因此采用的方法和过程，所需的装备、设备和设施要比用于信息类的大和复杂得多。在现在和可预见的将来，还很难做到全部或大部分自动化。这就需要人在空间现场参与工作，以解决那些靠机器不能全解决、难以解决或代价过于昂贵的各种问题。如开发月球资源，就需要人进驻月球长时间地参与工作。

需要人在空间现场直接参与工作，必须为人创造一个可以在空间长期生活和工作的条件，这就需要发展载人航天。

此外，要奠定天基航天的基础，也要发展载人航天。

天外觅知音

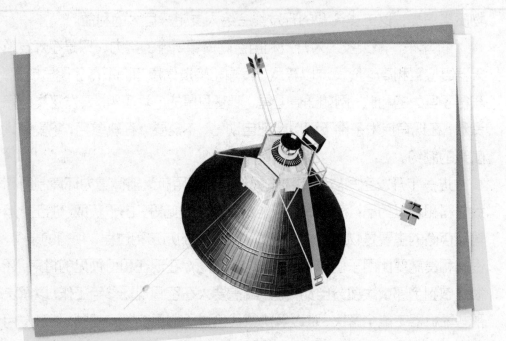

　　1977年8月20日，在美国的肯尼迪角发射的"旅行者-1"号宇宙飞船，肩负勘测木星、土星及天王星的重任出发了。它是一艘不载人宇宙飞船，重816千克。行星探测是空间技术发展的一个重要方面。比起偏重于应用科学的人造地球卫星和载人空间飞行，它主要服务于基础科学的研究。对于太阳系行星的探测，能够帮助我们：了解太阳系的起源和演变；通过各主要行星的比较，更深入地认识地球及其周围环境；探索生命的起源。"旅行者-1"号在完成"三星"的探访大业之后，将辞别太阳系，飞向广漠无垠的天外天去，作为"地球人"的天使，遨游太空的群星之中，去寻觅"地球人"的知音。

　　为了完成这项长期而艰巨的任务，科学家和音乐家特地在太空船侧，装置了用以邀请天外客人的接头信号，这信号就是一张喷金的铜唱片。据说这张唱片过10亿年还能发出清晰而动听的声音。在这张唱片上录制了用60多种语言表达的问候和100多种飞禽走兽的鸣叫声，并且选录了27段世界名曲，有贝多芬的《欢乐颂》、《巴哈布兰登堡协奏曲》、《秘鲁妇女婚礼歌》等等。其中代表我国的一段就是古典的《流水》曲。这首乐曲是由哥伦比亚大学的周文中先生推荐的。周先生在推荐这首曲子时说："这首音乐描写的是人的意识与宇宙的交融，是首古琴演奏的乐曲，中国古琴在耶稣降生前2000年即已有了。自孔子时代起，《流水》一曲就是中国文化的组成部分。选送这首乐曲足以代表中国。"美国负责为宇宙飞船选曲的安·德鲁扬听了这首曲子后，即决定采用它，并说："这是27段乐曲中取决得最快的一首。"《流水》曲章从《高山流水》中分化而来，相传《高山流水》是春秋时著名音乐家俞伯牙所作。

中国的《流水》曲，在20世纪90年代初已随太空船奔向天外天，它代表中国的"俞伯牙"去寻觅太空的"钟子期"。这个愿望能否实现，就留待几千万年后去验证吧。因为，宇宙飞船将在银河系漫游数亿年，一去不复还，要待4万年它才能在离我们最近的恒星附近飘过一次。几千万年后，奔腾的《流水》声，可能邀来"俞伯牙"的知音——太空贵客"钟子期"。知音相会时，也一定会感谢为他们穿针引线的老祖宗。

地基航天与天基航天

　　航天，亦称"宇宙航行"、"空间飞行"或"太空飞行"。宇宙飞行器在宇宙空间的航行活动，主要目的是探索、开发和利用宇宙空间以及地球以外的天体，包括行星际航行和星际航行。

　　过去和现在，航天技术及其产业的基本发展模式是在地上做好一切工作，将航天器设计、制造和总装到最终状态，之后发射到运行轨道，并工作到寿命终止。这种一切靠地上发展模式也可称为"地基航天"模式。地基航天的航天器，在轨道上任何一个关系到其功能和寿命的环节、元器件和设备出了问题，航天器不是带病降低等级勉强维持，就是失败报废。不出问题的航天器，当燃料用完或能源不够时，尽管其他一切均好，但也因无法补给而寿终正寝。　航天技术属高技术，具有一般高技术的特征，但它还有航天器不可维修、不可替换、不可加注、不可改变及调整功能和不可组装等五不可的特点，因此，它是一种投入更多和风险更大的高技术。 减少投入和降低风险始终是地基航天的头等重要的课题。从根本上讲，改善航天技术发展模式，变"五不可"航天器为"五可"航天器，将会大幅度降低成本和风险，促进航天技术的大发展。

随着载人航天技术的发展，现在载人空间站已基本上可以实现"五可"。但对站外航天器实施"五可"，还需要在空间站的基础上发展载人空间基地，空间基地配有拖船、备配件和燃料仓库，可以把失效或燃料耗尽的航天器拖到基地由宇航员进行小修、大修和加注恢复到原始性能后再送回其原运行轨道。空间基地有组装场地可把打包送来的分散零、部、组件展开，组装成航天器整体，再由拖船拖到运行轨道。空间基地可作为高轨道、月球和行星际航天任务的中转站。

实现"五可"有相当一部分工作在天上完成，按这种模式发展航天，可称为"天基航天"模式。天基航天可以从根本上降低航天器的成本和风险，为在空间建造大型航天器，如空间电站、空间旅馆、月球基地等创造条件，这无疑将促进人类生存空间的扩大和空间资源的开发。

航天母舰种种

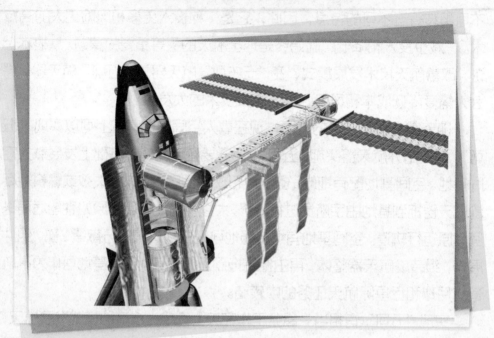

随着空间技术的迅速发展，各种用于军事目的的空间飞行器也越来越多，除了军用侦察卫星，还有航天飞机、宇宙空间站等。宁静的太空，大有成为"空间战场"的趋势。

要进行空间战争，就要有空间战斗基地。航天母舰就是设想中的太空战斗基地。实际上，航天母舰是太空中的武器平台，它像海洋中的武器平台——航空母舰一样，携带多种兵器和技术装备，成了太空中的战斗堡垒。航天母舰并非神话，各军事大国设想方案大致有以下几种：

宇宙飞船型航天母舰——这是航行在离地面 3.6 万千米的地球同步轨道上的一个巨大宇宙飞船。它的组成部分包括 4 架航天飞机、两艘太空轮船、一个轨道燃料库和一个太空补给站的航天舰队。航天飞机可在航天母舰上自由起飞与降落；太空补给站和航天母舰对接，在供应燃料后自行脱离。航天飞机还可以从航天母舰上往返地面，从而扩大飞机的活动空间。一个航天母舰也等于一个庞大的武器库，它不仅装配有导弹、火箭，还拥有定向束能武器。这种武器靠加速器发射出高速电子、质子和重离子等带电离子流，倘若攻击目标中的要害部位，可使其软化、变形、穿透、烧毁等。操纵航天母舰的是"航天军"，由几百名宇航员组成，他们的指挥部设在航天母舰上，其他人员则分散于各个航天飞行器上。

飞翼型航天母舰——飞翼是一种无机身，无尾翼，仅有机翼的飞行器，其结构简单，飞行阻力小，载重量十分大。于是，有的科学家建议利用空中若干个飞行的飞翼在空中对接而形成"航天母舰"。从同一机场或不同机场起飞的若干个飞翼，在指定空域进行快速空中对接，连接成一个大"飞翼"。大飞翼的规模可根据军事需要，并按照人们预先选定的最佳航线，在空中长期飞行，航天飞机可以在其上起飞和降落。

飞艇型航天母舰——美国科学家设计的飞艇型航天母舰是一个巨型长艇。长 2.4 千米，飞艇艇壁由先进的蜂窝状复合材料制成，厚度 3 米。在飞艇顶部设有可供直升机和短距离起降飞机的跑道，底部是一个巨大的屏幕。飞艇由 160 部发动机推进，时速可达 160 千米，所用电源由汽轮发电机、太阳能板和一套热电转换系统联合提供。飞艇内充入的是氧气，十分安全，为了便于飞艇航天母舰与地面联系，在母舰上配有 6 艘小飞艇，它们都可以与母舰连接与分离，小飞艇作为母艇与地面的联系工具。

地球航天母舰——在地球上起飞的飞行器要想飞往太空，就必须设法克服地心引力。而如果把机场建在靠近赤道的纬线上的话，飞行器的速度就会提高许多，这是因为在纬度为零的情况下，航天飞行器的速度等于火箭速度加上地球自转速度。于是人们想到在赤道附近国际海域建造一条大吨位的、能发射航天飞行器的军舰，实际上这就是一种航天母舰。

空间平台

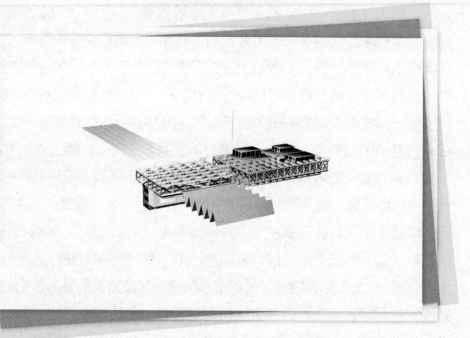

太空是除大陆、海洋、大气层之外的人类第四生存环境。40多年来，为了开发太空的高远位置、微重力、高真空、高净洁、太阳能等宝贵资源，全世界已发射了几千个航天器，其中绝大多数是卫星。然而，卫星或航天器也暴露出许多靠其自身能力难以解决的问题，影响了它的进一步应用。

例如，卫星及其有效载荷的重量和体积，受到运载火箭的运载能力和它上面卫星整流罩尺寸的限制。20世纪90年代，火箭的运载能力也只能达到近地轨道15～25吨，地球同步轨道2～5吨，而整流罩最大只能装载单一、小型的有效载荷，专用于某一目的，如通信卫星、气象卫星等。使用卫星开发太空成本高，应用范围窄。此外，卫星是一种无对接系统的航天器，一旦上天，无法对其加注燃料、修换部件，所以卫星寿命一般只

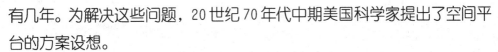

有几年。为解决这些问题，20 世纪 70 年代中期美国科学家提出了空间平台的方案设想。

空间平台是一种能同时装载、运行多种有效载荷（即多种卫星上的仪器设备），并以"资源共享"的方式为它们集中提供所需的公共设施（如电源、数据、通信等）和能接受在轨服务的大型空间结构物。

空间平台一般采用太空组装的建造方式，即把平台的构件分批送上太空，然后装配、调试、运行。因而其重量和尺寸可以不受限制。美国研制的"高级科学与应用平台"能容纳 15 米×30 米的大型向外展开式红外望远镜和直径为 100 米的大气引力波天线。

由于空间平台重量尺寸不受限制，其上可同时运行多种有效载荷。这意味着发射一个空间平台就等于发射数颗卫星。这样不仅降低了费用，缓解了空间轨道的拥挤，而且使多种有效载荷的同步工作及多学科相关职能工作的开展成为可能。

在空间平台上装有对接系统，可接受航天飞机、宇宙飞船及轨道间飞行器等的在轨服务。此外，在空间平台上还可以建造空间工厂。

空间平台与空间站，均可同时运行多种载荷，都可在轨接受服务。它们的本质区别在于空间站长期能载人，而空间平台是一种仅能受人短期照料的无人航天器。因此，空间平台没有由人带来的干扰、污染、费用高等问题，适合完成精度高、无污染、微重力非常小和有危险的飞行任务。而空间站上，人可随机应变，组装空间平台等大型航天器和大型有效载荷。

现在，还有一种方案是使空间平台和空间站用共轨方式或导轨方式组成一个系统，这样二者可取长补短、相得益彰。

登月飞行与天空实验室

　　空间技术的一项重大的成就就是人类登上了月球。它是由乘坐"阿波罗"飞船的宇航员完成的。登月工程的名字为什么叫"阿波罗"呢？原来，希腊神话中的太阳神"阿波罗"和月亮女神"阿尔特米斯"是双胞胎。太阳神要访问同胞姐妹，这是多么浪漫而富有诗意啊！"阿波罗"工程计划是美国于1961年提出的，共进行了17次飞行。前6次是不载人飞行，主要考虑"阿波罗"飞船的可靠性以及发射和回收技术。从"阿波罗-7"号开始为载人飞行，使飞船脱离地球引力，在围绕月球的轨道上飞行，然后脱离月球引力返回地球。从"阿波罗-11"号到"阿波罗-17"号是登月飞行。其中"阿波罗-13"号因为故障没有登上月球，其余都获得了成功。

　　在这6次登月飞行中，在月球上停留时间最长的是75个小时，并在月球上行走了 30 千米。"阿波罗"登月计划原定为 20 次，后来认为没有必要再到月球去，把最后 3 次改为"天空实验室"。

"天空实验室"由"阿波罗"飞船和轨道工作舱两部分组成。轨道工作舱是由"土星-5"号火箭的第三级改装的，是宇航员生活和工作的地方。"阿波罗"飞船的任务是把宇航员送上轨道，并且和轨道工作舱对接，宇航员从"阿波罗"飞船进入工作舱活动。任务结束后，"阿波罗"飞船脱离轨道工作舱把宇航员送回地面。"天空实验室"总长 36 米，最大直径 6.5 米，重 82 吨。

"天空实验室"在轨道上共接待了三批宇航员，共 9 人。第一批宇航员生活 28 天，主要进行生物医学实验，鉴定轨道工作舱的性能；第二批生活 56 天，主要进行太阳观测和地球资源勘测；第三批生活 84 天，也对地球和太阳进行了观测，并且做了各种科学实验。

"天空实验室"原计划要运行到 20 世纪 80 年代，到那时将由航天飞机把它推到更高的轨道。但是由于太阳活动加强，使地球大气层上升，增加了"天空实验室"飞行的阻力，加快了轨道下降的速度，因此于 1979 年 7 月 12 日，坠落在南印度洋和澳大利亚西部地区。"天空实验室"从发射到坠毁，一共运行了 2249 天，绕地球 3.498 1 万圈，航程 14 亿千米。

在美国开始"阿波罗"工程计划的同时，前苏联也开始进行轨道站的活动。

载人轨道站

轨道站，也叫空间站。它是可在太空长时间运行的载人航天器。它像人造卫星一样绕地球运转，但要比人造卫星大得多。轨道站在轨道上可与运送货物和宇航员的飞船对接，接纳多名宇航员在上面工作和生活。

轨道站主要由以下几部分组成：

生活舱——宇航员食宿和休息的地方；轨道舱——宇航员的主要工作场所；服务舱——用来安装保障轨道站正常运行的各种系统和设备；专用设备舱——可根据不同的科研任务携带不同的设备，如天文望远镜、雷达等；太阳能电池翼——用来为轨道站提供能源；气闸舱——宇航员通过它出入轨道站；对接舱——用来停靠其他载人飞船和航天器。

轨道站是一个理想的科学研究场所。在那里观察天体和研究宇宙射线，不受地球大气的影响。在轨道站里监测地球，居高临下，真是一目了然。在那里，可对长时间处于失重条件下的人体进行多种研究和试验，能直接为人类的航天活动服务。轨道站里还可以种植农作物，能为宇航员提供粮食、蔬菜和氧气。也可以办工厂，由于没有重力和空气的影响，炼钢时，钢水中的各种元素能均匀扩散、混合，从而得到在地球上不易得到的优质合金钢；制药时，由于失重可促进细菌繁殖，有利于生产出新药品。

前苏联发射的轨道站有"礼炮"号和"和平"号。"礼炮"号共发射7个。"礼炮-1"号是世界上第一个轨道站，只有一个对接口，于1971年4月发射，5个月后坠入大气层烧毁。"和平"号于1986年2月20日发射，有6个对接口，是新一代轨道站。

"礼炮-6"号轨道站有两个对接口，先后曾与12艘"进步"号无人货船和16艘"联盟"号载人飞船对接。这些飞船为"礼炮-6"号轨道站补充了大量生活必需品和科研物资，输送了33名宇航员进站工作，累计工作时间达676天，共进行了120多项科学试验。"礼炮-6"号在天上运行了4年10个月。

"礼炮-7"号于1982年4月发射，站里最多有6个人。1984年2月，宇航员基齐姆、阿季科夫和索洛维约夫乘"联盟-T10"号与它对接，创造了连续航天236天22小时50分的纪录。这是一个很有意义的数字，它大约是人飞往火星单程所需要的时间。1984年7月，"联盟-T12"号与它对接，宇航员萨维茨卡娅曾出舱活动3小时又30分钟，而成为世界上第一个在太空行走的女性。1986年5月5日，在"和平"号轨道站上工作了50天的基齐姆和索洛维约夫，乘"联盟-T15"号离开"和平"号，向仍在空间运行的"礼炮-7"号转移。第二天，他们与"礼炮-7"号对接成功，首次完成了人在太空转移轨道站的任务。

"和平"号空间站

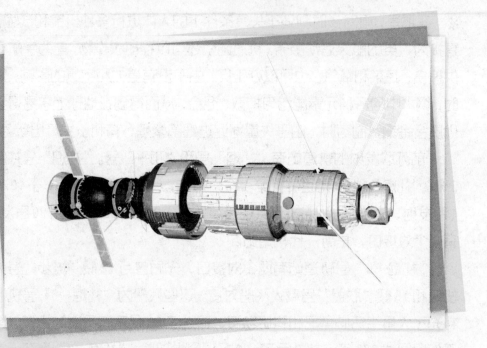

074

　　"和平"号空间站是前苏联第三代载人空间站，也是人类历史上第9座空间站，被誉为"人造天宫"。它的设计工作始于1976年，1986年2月20日发射升空。它由工作舱、过渡舱和服务舱组成，整体形状看上去宛如一束绽开的花朵。它有6个对接口，其中两个主要对接口位于轴线的两端，用来与载人及货运飞船对接。空间站全长32.9米，体积约400立方米，重约137吨，其中科研仪器重约11.5吨。它在高350～450千米的轨道上运转，约90分钟环绕地球一周。

　　据统计，15年来，"和平"号空间站总共绕地球飞行了8万多圈，行程35亿千米，共有31艘"联盟"号载人飞船、62艘"进步"号货运飞船与"和平"号空间站实现对接，宇航员在"和平"号空间站上进行了78次太空行走，在舱外空间逗留的总时数达359小时13分钟。先后有28个长期考察组和16个短期考察组在上面从事考察活动，共有12个国家的135名宇航员在空间站上工作。这些宇航员共进行了1.65万次科学试验，其中完成了23项国际科学考察计划，获得了大量知识、数据和具有重大使用价值的成果。宇航员们还拍摄了许多恒星、行星的照片，进行了基本粒子和宇宙射线的探测，大大扩展了人类对宇宙的认识。他们还探测了从太空预报地震、火山爆发、水灾及其他自然灾害的可能性。宇航员在太空生活的经验为进行长期星际飞行提供了医学保障。

“和平”号空间站设计工作寿命3～5年。到坠毁之日，它在太空中飞翔了15年。

由于超期服役，“和平”号空间站的故障越来越多，难以正常运转。据统计，15年来“和平”号上共发生了近2000处故障，其中近100次故障一直未能排除。空间站的中央计算机已老化到了必须完全更换的地步。空间站的温度调节系统也故障不断，太空舱的局部温度有时竟达53℃。“和平”号空间站上的蓄电池曾两次异常放电，导致“和平”号空间站与地面短暂失去联系及空间站局部停电。15年的宇宙陨石微粒撞击和空间站内部化学物品的腐蚀，也已使“和平”号空间站70%的外体遭到腐蚀。所以，俄航天业的著名科学家和有关部门一致赞成坠毁“和平”号空间站。

“和平”号空间站的坠毁过程都是按照预定计划进行的。从莫斯科时间2001年3月23日凌晨3时31分59秒开始，控制中心分别向“和平”号空间站发出三次制动信号。莫斯科时间8时44分04秒，“和平”号空间站进入稠密大气层。在与大气猛烈摩擦的过程中，“和平”号空间站燃起熊熊大火。莫斯科时间8时59分49秒，“和平”号空间站第一批碎块安全坠入南太平洋海域，该海域位于新西兰与南美洲之间。23秒后，莫斯科时间9时0分12秒，“和平”号空间站的1500多块残片坠入了指定海域。

人类滞空最长纪录

人能不能适应长期的空间生活，这决定了人类能否离开摇篮——地球。在这方面，俄罗斯医学博士波利亚科夫以自己的太空实践做出了肯定的回答。1999年3月10日，创造了在太空连续飞行时间最长纪录——437天18小时的波利亚科夫返回地面，不可思议的是，他竟无须别人搀扶自己从飞船中走了出来。更令人吃惊的是，仅仅第二天，波利亚科夫就悠闲地在湖边散步了。在"和平"号空间站的400多天里，波利亚科夫尽管也遇到了体内钙流失、肌肉萎缩的问题，但是他一直坚持科学、严格、不懈地锻炼，相当程度上抵消了空间环境的不利影响。这位医学博士给我们的启示是，不远的将来在征服太阳系行星的旅程中，人类完全可以以健全的身心状态实现长期太空飞行，并在抵达目的行星后迅速投入工作。

到1999年8月为止，俄罗斯宇航员阿弗迪耶夫完成3次共计748天

14 小时 13 分钟的太空飞行，创人类滞空最长纪录。

为了一睹“和平”号坠毁的壮观场面，有不少人前往太平洋，还有不少人聚集在斐济海岸，而且他们的确亲眼见到了“和平”号这一枝绽开的花朵，飞速吻向地球。有些人激动地打开了香槟，庆祝自己的幸运。也有一些人品着烈性伏特加，黯然伤神，他们就是曾经与“和平”号朝夕相处过的前苏联及后来的俄罗斯宇航员。这其中就有阿弗迪耶夫。

“和平”号在太空漫游了整整 15 年，而阿弗迪耶夫出众的心理条件、心理素质和学识使他成为“和平”号最忠实的朋友，更先后三次进驻“和平”号。他不仅创下了迄今人类在太空逗留时间的最长纪录，而且为日后人类进行长途太空旅行提供了重要经验。

阿弗迪耶夫现在的家在莫斯科，他是亲往坠落区为“和平”号送行的少数几个俄罗斯宇航员之一。他在接受媒体采访时表示：“我在‘和平’号上生活了两年，它是我的第二个家。所以，现在看到它坠向地球，心里真的非常难过。作为一名宇航员，我要说的是，在它没有坠落之前，如果想拯救的话，仍然有可能，因为‘和平’号上的每一件设备同时出问题，几乎是不可能的事；如果只是某些部件出了问题，我们完全可以修复它嘛。但生命终归是生命，总有结束的那一天，我是一个现实主义者。”

阿弗迪耶夫介绍说，他首先通过长达两年的医学测试，接着进行了为期两年的训练，其中，离心机训练是在莫斯科郊外的“明星城”进行的，离心机产生的离心力甚至比他坐火箭实际升空时产生的离心力还大。

阿弗迪耶夫并不是第一个进驻“和平”号的宇航员，其他进入“和平”号宇航员曾多次向有关部门汇报过空间站里的难闻气味，这些气味都是人体排出来的，但“和平”号在设计时并未考虑如何创造一个清新的环境。所以，阿弗迪耶夫至今仍对空间站里的气味记忆犹新。

险象环生叶落归根

"和平"号空间站在 15 年的太空飞行中可谓命途多舛险象环生。

1997 年 2 月,"和平"号上一氧气瓶突然起火,烟雾笼罩了整个空间站,幸亏宇航员很快把火扑灭。

1997 年 3 月,空间站上的两台制氧机发生故障,宇航员只好靠氧气瓶维持生存,在修复了一台制氧机后这一危机才告缓解。

1997 年 4 月,空间站的温度控制系统开始泄漏防冻剂,使空间站部分舱段温度很快上升到 30℃～40℃,在堵住两个大漏洞后温度才降下来,宇航员们几乎用了 3 个月时间才找到并堵上最后一个漏洞。

1997 年 6 月 25 日,"和平"号空间站与"进步 M-34"号货运飞船发生碰撞,几乎致命的这次碰撞导致"光谱"舱氧气外漏和空间站彻底断电。这是"和平"号空间站升空 11 年来发生的最严重的一次事故。

导致碰撞事故的“进步M-34”号货运飞船于1997年升空后，一直与“和平”号空间站对接在一起。为了下一艘货运飞船的到达必须腾出对接口。6月25日，装载着宇航员排泄物等垃圾的货运飞船移动至空间站另一端，此时货运飞船已超重0.9吨，但这一变化没有输入计算机。当宇航员齐布利耶夫发现货运飞船因超重而动作迟缓，不能按程序与另一对接口对接时，为时已晚，于是发生了碰撞。

货运飞船撞击的是“和平”号空间站的“光谱”舱。当时“光谱”舱内有1.3吨俄罗斯的科学设备和755千克的美国科学设备。“光谱”舱担负着整个空间站的供电职能，舱外安装着4片巨大的太阳能电池帆板。7月7日，新到的货运飞船与“和平”号空间站顺利对接，带来了用于修复“光谱”舱的零件和设备。一波未平一波又起。7月17日，当宇航员齐布利耶夫和拉祖特金准备进入“光谱”舱检查受损情况时，不小心把连接主舱计算机的导线断开，于是“和平”号空间站的定向系统停止工作，偏离了面对太阳的方向，太阳能电池停止充电。电能是空间站的唯一能源，停电导致舱内温度下降，与地面控制中心的联络中断。形势急转直下，宇航员要么撤回地面，要么刻不容缓进行抢修。撤回地面就意味着“和平”号空间站在失控的情况下，用不了多久就会坠向地面。宇航员经过一昼夜全力抢救，“和平”号空间站终于暂时转危为安。

据统计，“和平”号空间站上共发生过密封舱漏气、管道破裂、与地面失去联系等近2000次故障，其中约100次一直未能排除。尽管“和平”号空间站几经起死回生，但毕竟满目疮痍，要继续运行下去无疑会险象环生、不堪一击。它70%的外壳受到了剑蚀，设备严重老化。空间站若发生事故，顷刻间会碎裂为成千上万个碎片，有的碎片会重达700千克，能轻易穿透厚钢板。就这样，2000年12月，俄罗斯最终决定将其坠毁。

又一个里程碑

"和平"号空间站在地球轨道上飞行了15年，这期间有12个国家135名宇航员在空间站上工作过，完成了1.65万次科学试验，完成了23项国际科学考察计划，获得了大量科学数据和具有重大应用价值的科研成果。

1999年2月22日由宇航员带到"和平"号空间站的60枚鹌鹑蛋，在失重条件下有37枚孵出了小鹌鹑，但在完全陌生的太空环境中只成活了10只。接着在返回地面时由于飞船内温度过低和骤然进入地球重力环境，有7只鹌鹑夭折。不过值得庆幸的是，仍有3只活蹦乱跳的小鹌鹑回到了地面，为动物往返太空和地球探索出了一条道路。

宇航员们还在"和平"号空间站上进行了美国小麦的培育和收获实验，收获的小麦被带回地面。这项实验的意义深远重大，有专家预测21世纪20年代人类有望登上火星，有了小麦的成功收获，那么宇航员在往返火星的近两年的漫长旅程中的氧气和粮食问题，便有了解决的可能。

　　宇航员还在"和平"号空间站上进行了研制药品的试验。这项名为"激素"的试验目的在于防止宇航员在太空飞行过程中骨骼中无机盐的流失，其中包括钙的流失。在太空飞行中，参加试验的宇航员服用了各种药物，发现有些药物有良好的效果，试验成果对日常生活中中年妇女骨骼钙流失防治也具有积极意义。

　　宇航员还利用仪器测量了地球大气电离层的种种数据，以便绘制标准电离层图表。这有助于及时探测电离层的变化，从而预测地震和火山爆发。

　　"和平"号空间站在载人航天史上是一个里程碑，它在长期载人航天方面的贡献尤其大，"和平"号上的宇航员波利亚科夫连续在空间站工作的最长时间达到437天18小时，这是史无前例的。437天又18小时已超过了一年，而从地球飞往火星，科学数据推算表明需要6~9个月，从这个意义上讲，俄罗斯人已经掌握了飞往火星时人类在太空舱长期生活的技能。

　　在长期载人航天器中，"和平"号空间站在结构设计上有很大的进步，密封非常好，而且抗老化，不易损坏。"和平"号原来的设计使用寿命只有3~5年，实际上服役了15年，说明它的结构非常好。此外，它的舱内环境控制得也很好，温度、湿度和通风十几年能够基本保持稳定。

　　"和平"号的光辉一生，是继"阿波罗"登月后人类探索太空的又一个里程碑。它使人类长期在太空居住的梦想成真。它还为将来人类在太空建筑更大型的空间站，以及飞向其他星球打下了良好的基础。"和平"号为此后的太空探索提供了宝贵的财富，国际空间站的建设更离不开研制、利用以及坠落过程中，积累的经验以及各种事故留下的教训。

国际空间站

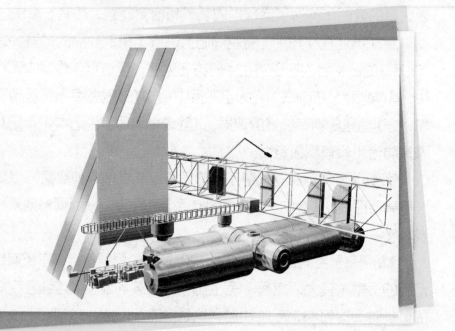

　　国际空间站的建造是分阶段进行的。从1994年至1997年为准备阶段。在这个阶段中，主要进行联合载人航天活动。美国航天飞机与"和平"号空间站多次对接；送美国宇航员到"和平"号空间站上，以训练他们在空间站上的活动和工作能力；为"和平"号运送新的太阳能电池板，缓解该站严重缺电的状况；在空间站增装两个有美国仪器的实验舱，以便美国开展大量空间科学实验，取得微重力、生命科学、地球资源探测和轨道交会与对接等方面的经验。

　　1994年2月，俄罗斯宇航员克里卡廖夫乘美国航天飞机升空，从而拉开了美俄联合飞行的序幕。1995年3月，美国宇航员首次乘坐俄罗斯飞船进入"和平"号空间站。紧接着，美国航天飞机与"和平"号空间站进行首次具有历史意义的交会对接。

1998年11月20日，国际空间站的第一个组件——功能货舱"曙光"号在拜科努尔发射场升空，这标志着国际空间站在太空正式"破土动工"。

莫斯科时间11月20日9点40分，随着指挥员的一声令下，未来国际空间站的主体舱"曙光"号在俄罗斯"质子K"号运载火箭的携带下，从发射架上腾空而起。587.6秒后，13米长的功能舱成功地进入179千米的近地轨道。"曙光"号重达24吨，可用面积40平方米，内部容积约72立方米，装有导航、通信、姿态控制、推进器等多种设备。

随后，国际空间站的第二组件"团结"号连接舱于12月3日由美国的"奋进"号航天飞机在卡纳维拉尔角的肯尼迪航天中心发射升空，实现了与"曙光"号的对接。紧接着，美、俄火箭进行多次发射，运送舱段、设备等，使空间站初具规模，并具备了开展科研工作的条件。

2000年7月12日，俄罗斯成功地发射了国际空间站服务舱"星辰"号，并与空间站联合体顺利对接。该舱使空间站能够接待长期宇航考察组，加快了整个工程的建设。同年11月2日，美国人谢泼德与俄宇航员克里卡廖夫和吉德津科成为国际空间站的首批长期住户。

按计划，建成后的国际空间站将是个"太空中的城市"，成为人类在太空中长期逗留的一个前哨。空间站主结构长88米，首尾距离110米，体积为1300立方米，相当于两个波音747飞机的内部空间，内部气压保持在一个标准大气压。当它的太阳能电池板张开后，空间站的面积大约有两个足球场那么大。国际空间站将包括6个实验舱和1个居住舱、3个结点舱等，总重量500吨。

国际空间站是在"和平"号空间站穿梭太空的同时，美国宇航局提出建造建议的。随后，欧洲航天局11国和日本、加拿大、巴西等陆续加入。1993年11月1日，美、俄签署协议，决定携手建造国际空间站。

用途广阔的国际空间站

　　由于受地球重力的影响，许多科学试验无法在地面进行。国际空间站则可利用空间零重力状态的有利条件，进行这些试验。在那里，科学家们除了研究人如何在太空安全、长期生存这一重大课题外，还有一些非常重要的实用目的。

　　微重力条件下的蛋白质晶体研究——太空中蛋白质晶体会比地球上生长得更纯净。通过对这种晶体的分析，可以更好地了解蛋白质、酶和病毒的性质，也许会因此而研究出新药和更好地了解生命的基本构造元。

　　太空中生物反应器研究——在微重力条件下活细胞的体外生长可能会更容易些。这项研究，将有助于寻找到治疗癌症和糖尿病的新方法。

　　对生命体的长期影响研究——处于长期微重力状态下，人体会出现肌肉萎缩、心血管功能降低和骨质疏松等。对这些有害影响的研究，可以使人们更好地了解某些人体系统和类似疾病，并找寻出应付的办法。除人体外，研究对象还包括植物、动物和生命细胞。这是为人类探索外星的长期太空飞行作准备。

流体、火、熔融金属和其他物质将是空间站上的基本研究课题。在微重力条件下，火的燃烧、流体的流动将跟地面完全不同，而没有对流可以使熔化的金属或其他材料混合得更加完全。科学家对空间材料科学的研究，有望研制出更好的金属合金和更完美的材料，以用于诸如计算机芯片等，还会促进地球上许多工业的发展。

空间自然特性的研究——空间站上有十几个地方可用作外暴露实验。这些实验可以研究地球轨道环境和长期暴露对材料的影响，使未来的航天器设计师和科学家更好地了解空间的自然特性，并回答有关自然的一些基本问题。空间站是观测地球的最好平台。从轨道上观测地球，可研究地球上大规模长期的变化，有助于对森林、海洋和山脉了解，能够研究火山、飓风和台风对地球的影响，从而获得一个地面上不能获得的全球景象。这个空间地球科学包括了地质学、海洋学和生态学的研究……

当国际空间站建成后，各国科学家将在空间站上进行各种实验。空间站为人们提供了6个实验舱，7名宇航员可长时间一起工作，这是从来也没有过的良好条件。此外，空间站将为能增强空间站自身和可能会用于未来载人航天器星际旅行的试验设备提供场所。在空间站实验和演示这类设备的能力，有助于未来航天器设计者提高他们的设计水平，并有助于减少太空飞行风险和降低成本。

可以预料，到21世纪20年代，国际空间站将为生物、医药和工业带来显著的进步，并改善地球的生活条件，也为未来的地外太空旅行开辟一条途径。

宇航员的选拔

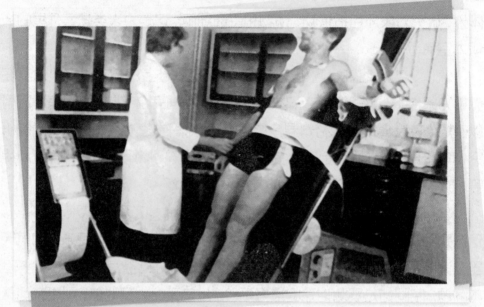

　　随着航天事业的发展，今后进入太空工作生活的人将会愈来愈多。什么样的人可以成为宇航员，这是广大读者，特别是一些想遨游太空登上月球者感兴趣的。人在航天过程中，要经受加速度、噪声、振动、失重、高低温等不良环境因素影响，还要在这样不利环境下完成操纵航天器进行科学实验、观测等复杂任务，遇到意外事件时还需要果断地正确处理，所以对宇航员的选拔是很严格的。

　　宇航员分国家宇航部门培训的职业宇航员和临时进入太空进行科学实验甚至观光人员两种。职业宇航员，负责每次飞行的指挥、安全、驾驶航天器及其对接和科学实验的实施等重要工作。国外航天专家认为，适宜于当宇航员的人，首先是空军飞行员，特别是歼击机飞行员。美国航天飞机机长、驾驶员的选拔条件是，首先必须是高性能飞机的驾驶员，而且有飞行1000小时以上的驾驶经验，试飞员优先录用。除飞行经验外，还要具备健康的身体，要符合美国宇航局的医学标准 I 级。飞行任务专家，也是职业宇航员，他们主要职责是在航天期间，完成预定的载荷工作，如舱外活动，操纵机械臂向太空释放卫星，将失效的卫星收回和修理，以及其他的一些科学实验。对他们的选拔着重是科学知识水平及工程技术实践经验，如必须具有工程学、物理学等方面的学士学位，有某一方面的工程实践经验，身体健康要求比机长、驾驶员要低一些，符合美国宇航局医学标准 II 级。

　　另一类宇航员是非职业的，是临时进入太空工作或观光的。一种是科学家宇航员，是乘航天器在宇宙空间进行科学实验的科学家或工程师。对他们的选拔要求，主要是应具有丰富的科学知识和实践经验，身体健康要求，应符合美国宇航局制定的医学标准 III 级。如欧洲航天局选择科学家宇航员具体要求是，年龄在47岁以下，身高1.5～1.9米，身体健康，情绪稳定，在科学和工程方面有突出才能。曾来过中国访问的美籍华人科学家王赣骏博士，也是一位科学家宇航员。他因提出一项"无重力下液体动力学实验"科研项目，经美国宇航局批准作为在航天飞机上的实验项目，又因他本人科学知识丰富、身体健康而被选为这一项目的实施人。还有一种人是乘航天飞机到太空观光的，如美国国会议员杰克·加恩，曾乘航天飞机到宇宙空间旅游了一趟，虽然他说是代表国会去太空视察宇航工作的，实际上是去太空观光的，所以美国报纸曾说他是"走后门"去太空的。沙特阿拉伯王侄，也曾乘航天飞机进入了太空。对这类人员的选拔要求，主要是看健康情况。

ok

零重力环境下的人体反应

　　人类能否登上火星，取决于空间医学专家能否有效对付长期失重环境对人体产生的消极影响。

　　科学研究表明，零重力环境会对宇航员正常生理活动造成大规模的破坏。

　　头部——脸部肿胀，眼睑增厚，鼻子堵塞。

　　眼睛——内耳平衡机制丧失，扰乱头脑和眼睛之间的信号传送，造成宇航员产生视觉幻觉。

　　心脏——血液流动造成肿胀，心肌发生萎缩。回到正常重力环境后，心脏向头部输送血液会发生困难。

　　血液循环——体液上升至头部和躯干，肾脏误认为体液过量，开始排泄液体，降低血液—体液水平，抑制体内红血球的产生量，发生空间贫血症。

肝脏——宇航员在空间对药物的吸收处理过程与地面时不同，平常的用药剂量已不再适用，难以测出宇航员返回地面时体内所含的药物正常剂量。

脊柱——脊椎伸长3～6厘米。这导致宇航员患背痛病和神经传导功能中断，并导致宇航员发生触觉障碍。

肠——肠梗阻、便秘。

腓肠肌——胫骨后面的一块肌肉，扁平，在小腿后面形成隆起部分。因骨质和体液损失，小腿萎缩达30％，形成宇航员所谓的"鸡脚"。

肌肉——承重的肌肉不断消失，甚至宇航员在太空作定期的训练飞行时就会出现这种情况。

骨骼——承重骨损失钙质，造成骨质疏松，增加了发生骨折的危险，宇航员的身体不断萎缩，并可能引起永久性的身高损失。

肾脏——从骨中流失的钙质在此积聚并形成肾结石。肾功能发生变化，小便减少，碳水化合物、蛋白质和脂肪的代谢加快。

内耳——在失重状态下，耳石随机浮动，丧失平衡机制，使人感到恶心欲吐，头晕目眩、身体疲劳、四肢无力、发烧和出冷汗。

免疫系统——免疫系统功能会削弱，因而宇航员容易受病菌感染。

宇航员的人造天堂

　　太空是一种近似于真空的环境。作为人类生存的三大要素：阳光、空气和水分，后两者必须自备。因此，在航天器里必须人工建造密闭微小气候，以保证宇航员的生存和工作。

　　微小气候条件包括大气压力及其成分以及湿度和气温等各种参数。这些参数的制定和控制是一个十分复杂的问题，既要满足人的医学要求，为宇航员创造一个安全、舒适的生活和工作环境，又要在工程技术上先进而可行，使系统的重量和体积尽可能达到最小，可靠性却要达到最大的程度。因此，这个问题的解决乃是医生和工程学诸方面因素结合分析研究的最佳结果，是小巧玲珑的人造"天堂"。

　　载人航天以来的实践表明：载人航天器里采用与地面相似的人类已经习惯的1大气压氧－氮混合气是最为理想的。虽然这在工程上有些困难，舱壁要坚厚、密封要严密，重量较大，但全面衡量还是最为安全可靠的。美国载人航天初期使用的是1/3大气压的纯氧，这样虽然压力控制设备简单、重量轻、泄漏少，不会出现屈肢痛（体内溶解氮形成气泡而致疼）等减压病症状，但十分容易起火。美国在执行航天计划的初期，因为使用纯氧，由电火花和短路等引起严重伤亡事故11起，死10人，伤13人，教训十分惨痛。另外，呼吸纯氧对呼吸道、鼻窦腔和眼睛结膜都有刺激作用，特别是容易引起肺泡塌陷，出现肺不张现象；还会使肌体内的抗体受到抑制，免疫力下降，对抗环境应激耐力显著降低。所以，美国后来补充了部分氮气，到航天飞机时便彻底改用了1大气压的氧－氮混合气。

微小气候中的氧分压是以保持肺泡氧分压95～115毫米汞柱为前提，为此，氧分压值最好维持在150～190毫米汞柱。水蒸气分压为75～13毫米汞柱，即30%～70%的相对湿度。二氧化碳分压为3.8～7.6毫米汞柱，即0.5%～10%的浓度。适量的二氧化碳是维持体内酸－碱平衡，保持正常生理功能所必需的。氮气约占80%。氮气既作为氧的稀释剂，维持总压水平，避免减压病，又是预防肺不张的必要因素。因为氮的溶解度小，在肺泡内作为“填充物”缓冲氧气弥散，使其达到安全活动水平，同时又起着一种“夹板”作用，支撑着肺泡而不致塌陷。

微小气候的动态调节，全靠复杂的自动控制设备来维持，保证宇航员在这个小“天堂”里遨游太空。

宇航员的安全保障

　　1986年1月28日11时38分，在美国佛罗里达州卡纳维拉尔角肯尼迪航天中心，"挑战者"号宛如一条喷火的飞龙，腾空而起直上云霄。不料，升空只有73秒，由于助推器密封垫圈失效，导致了航天飞机爆炸，使7名宇航员全部丧生。屡屡发生的安全事故，把宇航员的安全问题提到了重要的议事日程。经过从"实践"和失败中不断总结经验，经过科学家的不断研究和改进技术，目前，载人航天的安全与救生措施已日臻完善了。

　　由于载人航天器从发射台准备、发射、升空、入轨到返回是一个非常复杂的过程，在各个阶段都有其独特的环境条件，因而救生措施也各有特点。但是，从航天器起飞，即运载火箭点火直到超出可觉察的大气层这段时间是关键性阶段。在设计航天器时，必须提供一种有效的能独立发射的脱险装置。现在，有两种已实际应用：一种是弹射座椅方式，这与现代飞机里的带有防护罩的弹射座椅相似。在应急情况下，宇航员乘坐弹射座椅由救生火箭弹出，迅速脱离运载火箭与航天器。弹射座椅有复杂的安全机构，以保证宇航员安全着陆。美国的"双子星座"号和前苏联的"东方"号载人飞船都采用了这种救生方式。二是救生塔式，是一种整体救生的办法。利用安装在运载火箭前端的救生塔，借助于塔上的固体火箭推力，使宇航员的座舱与运载火箭分离，逃离危险区，然后控制座舱中的返回着陆系统按再入程序着陆。美国"阿波罗"号和前苏联"联盟 T"号飞船均采用这种类似的逃逸系统。1983 年 9 月 28 日，前苏联"联盟 T"号飞船发射台刚刚发射时，运载火箭末级突然爆炸，就在这千钧一发之际，飞船救生塔的逃逸火箭立即启动，一下弹出危险区，上升了几百米后，返回舱安全降落在离发射塔几千米远的安全地段。3 名宇航员因此幸免于难。

以上两种救生方案，适用于航天器在发射台上待发时以及在大气层飞行阶段。如果飞出了大气层，一旦运载火箭发生故障，则应执行航天器与运载火箭应急分离方案。分离后随即使航天器定向到再入姿态，按应急着陆程序返回。比方说，1975 年 4 月 5 日，前苏联"联盟 -18A"号飞船在入轨飞行时，由于第三级火箭突然出现故障，飞船立即与火箭分离，应急降落在阿尔泰山脚下，宇航员获救了。

载人航天器在轨道飞行时救生最为困难，还没有成熟的方案。大致方案是：发射航天器去援救；载人航天器间互相营救；在航天器上停靠备用逃生船。前苏联在"和平"号空间站上停靠的"联盟 T"号飞船，既是完成任务后返回工具，也是应急情况下的逃生船。

载人航天救生是一项十分复杂的工程，真正做到万无一失很不容易，但是只要充分注意并认真解决这个问题，载人航天事故还是可以避免或减少到最低限度的。

维系生命的太空服

　　在载人航天活动中，为了充分保证宇航员的生命安全和在极端恶劣环境条件下进行工作，除了有装备齐全的生活座舱外，还必须为宇航员提供一个方便灵活和独立密闭的生活小环境。为此，航天专家们就为宇航员设计了一种特殊服装，即通常说的"太空服"，也有人叫它"航天服"、"宇航服"。

　　太空服通常分为两种：一种是宇航员在航天器座舱里应急穿用的服装，称为"舱内活动太空服"；另一种是供宇航员到座舱外面工作用的"舱外活动太空服"。舱内活动航天服，实际上是个备用的保险系统。因为航天器生活座舱本身具有完善的生命保障系统，宇航员一般只是在航天器发射和再入大气层过程中穿着这种太空服。在这期间，由于加速度、冲击、振动和噪声的作用，有可能引起航天器结构的破坏，或仪器设备发生故障，危及人的安全。太空服就像一个小太空舱，如同一个能伸缩的保护外壳，里面包含着氧气、水、气压和适当的温度，并有自动去除宇航员呼出的二氧化碳与排泄物的设备、测量心跳与检查健康的仪器以及无线电通讯机。

太空服的加压装置使宇航员的身体能够保持正常的血压。一个人如果不穿太空服，或不在加压的航天飞机或太空飞船里，在离地面8千米的高空，血液便会沸腾，进而爆炸了身体。因为在低压环境里，血液内的氧气会变成气体，而气体所占的空间比液体大。成人体内大约有5升血液，如果变成气体，体积至少增加3倍，身体就会爆炸了。太空服还能保护宇航员在航天飞机里很快地加速时不受超重影响。前苏联"联盟-11"号载人飞船在1971年完成任务返回时，由于一个阀门脱开，造成爆炸减压，即座舱里的空气一下子全泄漏到高真空的空间里，3名宇航员由于没穿太空服，全部遇难。

太空服的结构十分复杂。舱内活动太空服虽然稍微简单些，但至少有五层构成：最里边的即贴近衬衣的为液冷服，在尼龙布上粘着聚乙烯细管，管内有冷却水回流，以排除人体代谢产生的热量；第二层为气密层，由涂氯丁胶的尼龙织物构成，并通过管路与座舱氧源相接，有供氧、通风、加压的作用；第三层是限制层，是由尼龙丝或特氟纶丝编织成的网状结构，防止第二层加压后向外隆起膨胀；第四层是隔热层，是由多层的镀铝的聚脂无纺布构成，起防热辐射作用；第五层为外套，由抗磨损耐高温的尼龙等织物构成。

ok

设计太空服也有讲究

　　1970年，前苏联宇航员安德里扬·尼古拉耶夫和维塔利·谢瓦斯季亚诺夫在太空中工作了18个昼夜。两位宇航员回到地球后身体状况非常糟糕，他们连胳膊都抬不起来，吃饭得靠人喂，而且只能消化流食。谢瓦斯季亚诺夫甚至只有伏在地上才能稍微挪动一下身体。谁都没有料到，失重会给人体带来这么大的影响。

　　科学家们意识到，需要专门进行研究，以防止宇航员在太空生活一段时间后对地球引力不适应。专家们设计了锻炼筋骨和肌肉的器械，并增加了宇航员的食物定量。不过还需要设计特殊的太空服，因为普通的衬衫和裤子在太空中将变成危险品。

　　那么，衬衫上什么东西最危险呢？是钮扣。在失重状态下，钮扣一旦掉下来，它不会落到地面上，而是在空中随着气流飘来飘去。它可能会被宇航员无意中吞入腹中，也可能会飞到送风机或是某个仪器当中，将某个小齿轮卡住，从而酿成重大事故。

当时在生物物理研究所成立了一个专门的设计局，负责设计太空服装。然而，即使是10多名专家在地球上也不可能将宇航员在太空中可能遇到的不测全都考虑到。每次太空飞行后，专家们都对太空服装进行改进。比如说，最初宇航员工作服上的工具兜是缝在小腿外侧的。宇航员发现这样不太方便。在飞行过程中，工具会散落出来。等你把工具挂好，身体便会翻转过来，结果工具兜就跑到上方去了。

前苏联宇航员列昂尼德·基济姆说，他每次修理设备时，都得把拧下来的螺丝含在嘴里，否则这些小东西就会到处乱飞。于是专家们设计了一个专门的腰兜，所有大小器具都可以塞进去。宇航员还发现，黏合兜子用的尼龙黏条常常会划伤手臂，于是设计者们将这种黏条换成了拉锁。

对工作服的设计有特殊的要求，首先在服装的面料上就得费一番脑筋。一般人当然不愿穿化纤织物，而天然棉毛又容易沾灰尘，还经常起球儿、打卷儿，这就容易污染空气。设计者便想到用多层面料：外层用的是化纤织物——锦纶或涤纶，内层用的则是经过特殊加工处理的棉毛面料。

设计局还有一些降低失重影响的特殊服装，这种名为"半人马座"的服装上面有许多绳子带子，穿的时候得绑在身上，这有点类似古代女子穿的紧身胸衣。不过这种衣服是下半身穿的。在失重状态下，血液会涌向头部，而"半人马座"服装则能使血液下行。

俄罗斯太空服装设计局局长亚罗夫在谈到他们设计的女式太空服时尤其感到自豪。他说："女士们都希望自己看起来更有魅力，我们给她们的每件服装都做了不同的装饰。"

舱外活动太空服

  首先，万物在地球上能够生长，主要有两个"保护神"：一是地球巨大的磁场，在地球表面形成了一个保护盾，阻挡了来自太空的宇宙射线的侵袭。二是地球上的臭氧层，它吞没了 99% 的太阳紫外线辐射。我们乘航天器到太空和月球，那里已不属于两个"保护神"的管辖范围。因此，设计航天器以及宇航员到舱外活动穿的太空服，必须有一层限制层，以防止太阳辐射和宇宙辐射线伤害。其次要有防寒保暖、通风换气的功能。太空的环境是非常恶劣的，就拿我们的近邻月球来说，要么热到120℃，要么冷到−140℃，没有大气，没有水……因此，太空服必须要有保温层和气密层。三是要有预防外来物撞击的功能。因为在太空中不仅布满了陨石流，而且还有许多"太空垃圾"，如人造卫星残骸等。

  所以，舱外活动太空服除了应具备舱内活动太空服的基本结构和功能外，至少还要增添一个保护层，以防止微流尘的侵袭。该层多是采用涂有特氟纶的玻璃纤维织物。

此外，为了方便宇航员的出舱活动，现在已经摆脱了过去那种与航天器连接的"脐带"（包括供氧、冷却等管路，并起着固定宇航员的作用），而在太空服上装备了一种背包式生命保障系统，可独自提供压力为183～210毫米汞柱的纯氧，有滤出二氧化碳等有害气体的净化装置及循环冷却等设备。还有通讯、姿控、推进等附属设施，从而成为一个完全独立的系统。增加一套十分复杂而且又精确的自动推进系统是十分必要的。因为宇航员在太空脱离了航天器之后，他不会再与航天器同步运动。比如说，绕地球一圈之后，宇航员往往落后航天飞机一段不短的距离，这就需要推进系统进行调整，保证与航天飞机同步，以便跟上，最后进入航天飞机。

航天飞机返回地球之前，宇航员必须检查防热层是否损坏，载物舱外的门是否关闭妥当。其他诸如发射并维修人造卫星、建设巨大的太阳能发电厂、装置太空站以及搭救太空旅行中出了毛病的太空人等，都必须穿着太空服。

在地球的海平面上，太空服重39千克，背包维生系统重73千克，而机动单位则有102千克。但是，在太空中无地心引力，宇航员在太空中不但不觉得笨重，反而能轻而易举地飘浮、行走。

太空服每次使用完毕，经检修、清洁与干燥，约两星期后即可重新使用。每一件太空服设计使用寿命为15年。

目前使用的太空服还比较笨重，供应的又是纯氧，为了提高太空服的轻便灵活性，增加压力，以减少直至废除吸氧排氮程序，专家们正在改进太空服的结构设计，很快就会推出新式太空服。

宇航员用的太空笔

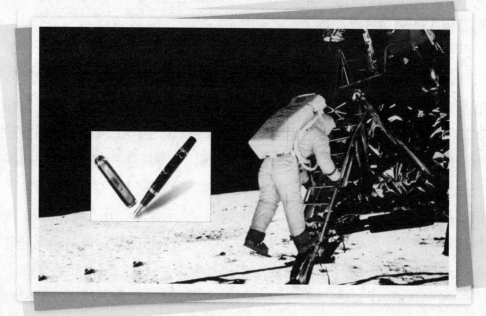

　　我们通常使用的圆珠笔因笔芯的钢头上镶嵌有一粒可以转动的钢珠，书写时利用圆珠的滚动，使油墨均匀涂于纸上成为字迹而得名。

　　据考证，圆珠笔这一名称最早见于记载是在1888年。当时有一个名叫约翰·苏德的美国人，为了在皮革上画线作标记，就设计并制作了这样一种书写工具。我国开始研制圆珠笔是在1946年。现在，产品质量不断提高，新品种、新规格、新花色不断涌现。从结构设计上来看，可分为活动式和固定式两种。从外形上来分，大体分为4种类型：即精简式、钢笔式、弹簧式、弯头式。而今，又出现了太空圆珠笔。我们日常用的圆珠笔、钢笔，在书写时所以有油墨和墨水源源不断地由笔芯中流向笔尖，是靠地心引力和毛细管的吸引作用。因此，太空中的宇航员用这种笔是无法写出字来的。科学家特别为宇航员设计了一种"太空笔"。

太空笔有两种类型。

充气加压太空笔——是将普通的圆珠笔密封，充入3～5个大气压力的氮气，写字时，打开小阀门，即可依靠笔芯的气压，缓缓将笔芯内的油墨推向笔尖。这与喷射杀虫药液的罐子压下喷口阀门，其内加压的药液即喷出来的道理相似。

自动加压太空笔——是在普通圆珠笔的顶端安装一个小弹簧和一个小小的活塞，利用书写时将笔尖按在纸上的压力所产生的反作用力，使那小小的活塞向笔尖移动，压迫油墨缓缓流向笔尖。

这两种新型圆珠笔内的油墨经过密封加压，即使在失重、真空或40℃～-50℃的干气温条件下使用，仍然书写流畅，字迹清晰。这种笔一向仅供宇航员在太空使用，但由于其成本并不比普通笔高多少，所以，在美国市场，一般人也可以买到。这种笔在陆地上，风雪中，冰山上，河水里和坑道里，都能在带油脂或沾污迹的纸上书写，在其他物质表面也能书写。如一些卧床不起的病人，要躺着持笔笔尖向上来书写，普通笔笔尖就常常写不出字，太空笔就没有这个毛病。又如潜水员要在很大的水压下书写，用普通的笔也难写出字来，而太空笔则可以顺利书写。

在"阿波罗-11"号宇宙飞船登月完成任务，准备乘坐登月舱"上升段"重新进入月球轨道时，一位宇航员撞断了"上升段"喷气推进器启动开关的旋柄，是用太空笔代替它启动了"上升段"，才没使宇航员永远留在月球上，是太空笔拯救了他们。

在宇宙空间生儿育女

人类宇宙飞行的奠基人、杰出的俄国火箭大师齐奥尔科夫斯基曾经预言："人们将不会永远停留在地球上，会在光的引导下逾越大气层去寻找新的空间，开始胆怯，但最后定会征服阳光所及的全部空间。"自第一颗人造卫星上天以来，宇宙技术的迅速发展雄辩地证实了这位科学伟人的预见。科学家们认为，再经过若干年的努力，建设"空间城"的设想将会实现。那时，许多人将会暂时告别自己的故乡——地球，迁居太空，在那里过着地球上所不能经历的饶有趣味的生活。但是，要在空间长期居住，成家立业，就必须能够在失重环境下生儿育女。这是可能的吗？

为了寻求这个问题的答案，前苏联科学家已经将多种脊椎动物和非脊椎动物用人造卫星带进空间轨道进行了繁殖试验。在一次太空飞行中，果蝇就像在地面上那样进行交配，繁殖了子孙后代。失重并没有影响它们的繁殖能力。另一次成功的试验包括鱼卵，在地面上受精后送进空间轨道，照样孵化出鱼苗。他们又送老鼠上天"结婚"，为了克服太空失重的不良影响，他们专门设计了"离心增重器"，让鼠笼高速回转产生离心力代替地心引力，结果雌鼠在太空顺利怀孕和分娩。美国也先后将雌雄袋鼠送上太空实验室，结果它们能在太空中安然无恙地生活、怀孕和分娩。袋鼠是比较接近人类的哺乳动物，它们在"太空生育"的成功，为人类提供了有价值的经验。

美国胚胎学家蒂文·布莱克说，在航天飞机上所做的蟾蜍生育实验表明，所有脊椎动物（包括人在内）都能在失重的太空环境中生儿育女。

俄勒冈州里德大学的布莱克说，实验证明，蟾蜍的受精卵在太空环境中可以顺利通过具有重要意义的生育初期的几个阶段。他说："人类受精卵也要经过这几个发育阶段。"

美国宇航局科学家肯尼思·索莎说："这项研究支持了这样一种观点，人类终有一天会在太空环境中生儿育女的。"

1992年9月，4只雌性非洲滑爪蟾蜍随"奋进"号航天飞机进入太空。机组人员在太空环境中给这4只滑爪蟾蜍注射了具有催生卵作用的激素。与地面对照组做了一番对比后，研究人员发现在太空中出生的蝌蚪只有一点不同，就是肺的体积小，但是回到地面不久就发育正常了。当年在太空中孵化的蝌蚪如今已经长成，并且有了自己发育正常的后代了。

那么，人类呢？体检结果表明，俄罗斯女宇航员斯沃特朗娜·沙威特斯卡娜的性激素分泌完全正常。由此航天医学家认为，人类在太空中生育是完全可能的。

太空对婴儿的影响

104

　　为了研究太空环境对婴儿的影响，美国宇航局的数十名科学家对几只小老鼠进行了为期7天的太空实验。实验结果表明，由于太空环境的影响，这些小老鼠骨骼的体积和强度均有较明显的减缩。因此，他们认为，在太空出生或长大的孩子，可能会遇到骨骼脆弱及发育受阻等麻烦。即使是短期的太空旅行，对正值发育期的儿童也是非常有害的。这一新的研究发现，给那些想在太空建立居民区的人提出了一个新问题。但也有人认为，骨骼的这种变化可能有利于适应太空的环境。研究人员之一萨拉·阿诺就认为，目前没有任何证据表明，人体现在这种骨骼结构适应于太空环境的要求。他提出，理想的太空生物有可能应是没有刚性长骨的圆形体。

　　参加这项研究的科学家们，对这些小老鼠的骨骼在如此短的时间竟会发生如此巨大的变化无不感到惊奇。他们这次实验的小老鼠出生仅56

天，体重在 200～250 克之间。经过 7 天的太空实验，小老鼠的肱骨、前肢骨及腰脊椎骨的体积均减缩了14%，其中肱骨的抗弯强度降低了28%。科学家们仍未找到与此有关的其他因素。研究还发现，虽然老鼠的骨骼急剧减缩，但其体重却有增无减，特别是老鼠的腹部增重尤其明显。

科学家们发现，太空环境对老鼠的肌肉损坏严重，有些老鼠的肌肉竟缩减了 4%。由于某些蛋白质的损失，降低了肌肉联系的能力，这种效应对小老鼠最为明显。在太空失重状态下，人体也会发生变化：身上的血管容积减小，血流量变小，血液向头部涌，调节功能变差；血液、体液、电解质的细胞数量变少，形态发生改变，例如红细胞减少，钠、钾、氯、镁等元素离子减少到40%；骨骼脱钙比较严重，一般说来，人在航天飞行中每个月脱钙 4 克，占人体总钙量的 1/30，而且住到医院运用常规补钙法补不了；由于脱钙严重，宇航员返回地面的时候，不能被拥抱，也不能快走，甚至不能大笑，否则，会发生骨折；由于脱钙和运动负荷小，肌肉会发生一定程度的萎缩；大脑的前庭功能变化，宇航员会感到眩晕不适，这是人耳朵里前庭器官中钙离子发生变化的结果。因此，科学家们认为，在把青少年送入太空之前，尚需进行大量的研究工作。

航天活动与生命繁衍

　　人肯定会飞向其他行星并在那里传宗接代。现在不仅幻想家有这种想法，科学家也提出了同样的观点。人在火星上不但要能工作，还要能正常地生活，正常地生育后代。

　　科学家曾在生物实验卫星上用较低等的生物进行过这类试验，研究了植物和黄粉虫及果蝇等昆虫的生命发展的全过程，研究了鱼和两栖类动物卵发展的早期状况。鹌鹑蛋不仅发育而且还孵出了小鹌鹑。哺乳类动物的情况则比较复杂。

　　1979 年 9 月，前苏联发射了一颗生物卫星，对哺乳动物能否在太空传宗接代进行试验。卫星上安置了一只笼子，笼子一侧放置了 6 只雌鼠，另一侧安置 2 只雄鼠，卫星进入轨道几天后，才让它们合欢同居。结果，雌鼠在太空失重条件下同样怀了孕，母鼠分娩时卫星返回地面，顺利地产下第一代"太空鼠"。

俄罗斯曾在"宇宙－1514"号飞船上进行过有保加利亚、匈牙利、德国、波兰、罗马尼亚、斯洛文尼亚、捷克、法国和美国等国的科学家参加的试验，当时还担心放在卫星上的10只家鼠不能全都怀上小家鼠。事实上，家鼠回到地面后，每只家鼠都生了一窝小鼠，每窝有10～15只之多。由于家鼠在失重条件下变瘦了，着陆时，都看不出它们已经怀了小鼠。

美国科学家把从宇宙中回来的家鼠同地面上的家鼠作了比较，观察母鼠对幼鼠的态度，发现"宇宙鼠"的母性丝毫不比地面上的差。

飞行的生命保障系统是否正常，这直接影响到卫星上动物的生殖能力。俄罗斯科学家研究了在宇宙中停留3周的母家鼠回来后的生殖能力，发现它们都能正常排卵，并能与雄家鼠正常交配。这是十分重要的。人和动物在刚回到地面时，性激素都会急剧减少，这是因为应激反应的缘故，只要一天后，他们的性激素就会恢复正常。

各国科学家还研究了在失重条件下动物能否正常交配的问题。美国科学家专门为鹌鹑设计了交配时固定体态的装置。实际上，只要给它们适当的时间，不需要特别装置也能完成交配过程。人也如此。

前苏联卫生部医学和生物问题研究所所长奥列格加津科说："试验表明，失重不能阻止新生命的产生，如果整个家庭都搬到轨道上，在月球上长期工作和生活，宇宙孩子将会产生。"

在沉寂的太空感受死亡威胁

108

1965年3月18日，重5.32吨的前苏联"上升-2"号宇宙飞船腾空而起，很快进入绕地球运行的轨道。8时30分，31岁的列昂诺夫穿上了笨重的宇航服，从内舱来到过渡舱，指令长别列雅夫帮他系好了安全带后，即勇敢地跨向茫茫的太空。

人类第一次的"太空行走"历时仅24分钟，列昂诺夫在太空中飘荡的实际时间只有12分9秒。这时，他接到回舱的指令。但意想不到的事情发生了。

按照程序，列昂诺夫回舱时，应当是脚先进舱，以便当全身进入闸门舱时可以顺手将舱门关闭。然而设计人员事先根本没有想到，宇航服在真空状态下严重膨胀，以至宇航员根本无法进入筒形闸门舱。

机智沉着的列昂诺夫在几秒钟内作出一个危险的、但又可能是唯一正确的决定。他将宇航服内的气压降到了原来的1/3，然后头部向前，一点一点地挤进闸门舱。这时，问题只解决了一半，还有一个关舱门的问题。只见列昂诺夫像杂技演员一样，先将身体蜷缩起来，然后慢慢地、奇迹般地将头脚掉转过来，将舱门关闭，然后给舱内加压。另一位宇航员别利亚耶夫从飞船内将门打开，把列昂诺夫扶进主舱。这时，列昂诺夫携带的氧气已消耗殆尽，心跳次数每分钟将近200次。

现在该抛掉闸门舱了。宇航员们按动了电钮。闸门舱脱离飞船，但飞船本身突然旋转起来，无法再进行正常飞行。人体的前庭器官本已受到失重的影响，在这种状态下，更是坚持不了多长时间。宇航员们在快速旋转的飞船内艰难地启动了发动机，开始使用降落时才应使用的燃料。最后，飞船终于停止旋转，平稳飞行。过了3个小时，问题又出现了：飞船中的气体将变成爆鸣气。那样的话，一丁点儿火星都将引起爆炸！

两位宇航员深知事态的严重性。为了不引起爆炸，他们一动不敢动。飞船沿轨道飞行了好几圈，氧气含量才慢慢降下来，最后终于降到正常水平。真危险！幸亏这段时间内没有一个电机冒火星。

宇航员们准备返回地球。但这时飞船的飞行状态有些异样，在指定时间内没有到达指定位置。再过5分钟，发动机就要自动点火了。这时，宇航员们不得不将飞船由自动飞行状态转入手动飞行状态。假如当时没有采取这一措施，那么发动机启动后，将带着他们远离地球，一去不返。

最后一次意外发生在临近降落的时候。宇航员在预定时间关闭了发动机，这时，本应立即同降落舱分离的仪器舱毫无动静。宇航员们再度紧张起来。熬过漫长的一分钟后，两个舱终于分离开来。

此后的情况基本顺利。降落伞适时打开，软着陆发动机也按时启动。降落舱安全降落在前苏联境内。

新兴的太空医学

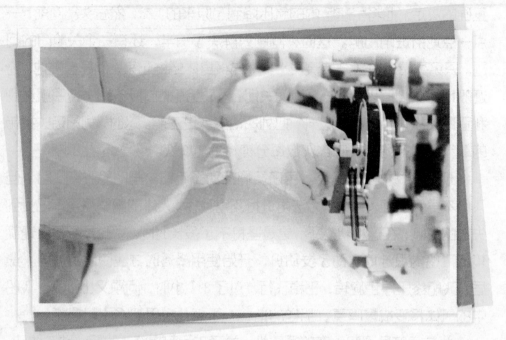

110

　　随着科学技术的发展，人类在太空的活动越来越多了。当人类想在太空中进行较长时间的各种活动时，首先就必须研究人在太空中的健康问题，这就是新兴的太空医学。

　　人类在太空中活动，会碰见许多地球上没有的环境条件，比如失重、超重、宇宙射线等。太空医学的首要任务就是研究这些因素对人体的影响。

　　当人类进入太空后，对人体影响最大的因素是失重，就是没有重力。失重，严重地影响着心血管系统。经研究证明，在地球上，由于存在重力，心脏把血液向下输送时，较有力，而向上输送时，就较费力。而到了太空中，没有重力，这种情况就不存在了。心脏向下输送的血液较多，因而这部分血液的阻力加大了，心脏的负担也就加重了，就容易出现心脏

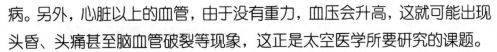

病。另外，心脏以上的血管，由于没有重力，血压会升高，这就可能出现头昏、头痛甚至脑血管破裂等现象，这正是太空医学所要研究的课题。

日本决定参加美国宇宙飞行之后，对3名专业人员进行健康选拔，随后进行了一系列医学检查，并为宇航员提供健康护理。日本还成立了国家航天发展局，该局进行了13项生命学和22种航天材料学实验，在这些试验中，用一位日本宇航员作人体受试者，以监测宇宙飞行过程中宇航员的总体健康状况。

日本国家航天发展局成立了一个医学研究分部，负责保障日本宇航员的健康。该分部还开展一些与医学研究有关的地面研究活动，为宇航员的选择和医务保障开辟新的、特殊的医学检查方法。另一个主要任务是与美国宇航局一起参加宇宙空间站的自选项目研究，以此选择新宇航员，为新宇航员提供长期宇宙飞行前、中、后的健康护理。

太空医学研究的另一个领域是在太空制造药品。由于地球重力的影响，提纯工作很难进行。不过，经过努力，实验已获得成功，比如在航天飞机上采用电泳法分离提纯某些药物，效率比地面高700多倍，而且产品的纯度也比在地球上制造的高4～5倍。1984年8月30日发射的"发现"号航天飞机，已生产出了可供临床试验的药品，被人们叫做"空间药品"。专家们认为，在21世纪初，将有十几种空间药品可进行批量生产，其中包括可治疗侏儒症的脑垂体细胞和有希望征服癌症的抗体和干扰素。

1995年3月22日，俄罗斯宇航员波科亚科夫在"和平"号空间站上创造了438天的单次太空连续生活纪录重返地面。1999年8月，俄罗斯宇航员阿夫杰耶夫完成了共计748天又14小时13分钟的太空飞行，创人类滞空最长纪录。我们深信，随着太空医学的发展，人类将能在太空生活更长的时间，做更多的事。

梦寐以求的"太空旅行"

　　自古以来，人类就梦想着去太空遨游。随着宇宙飞船的升空和航天飞机的上天，这个美好的理想才变成现实。1961年4月21日，前苏联宇航员尤·阿·加加林乘"东方"号宇宙飞船首先飞上太空，谱写了人类历史上的新篇章。

　　人们渴望着"太空旅行"时代的到来。人类飞上太空的科学意义和实用价值且不去细说，单就那奇妙迷人的宇宙景色，婀娜多姿的地球倩影，别有情趣的失重下的太空生活……就足以让人陶醉了，由此诱发起千百万人去太空旅游的浓厚兴趣。可是，以往选拔宇航员的条件实在太苛刻了，充满了神秘感，使普通人望而却步。

　　普通人能够进入太空吗?答案是肯定的。美国人蒂托2001年4月28日至5月6日在太空遨游8天的太空之旅，就足以证明普通人是能够进入太空的。一些宇航专家早就预言，只要是身体健康的人，都有资格在太空旅行、度假。美国的一家宇宙航空公司，正在设计和绘制上天旅行的运载工具——“空间公共汽车”的蓝图呢！

“空间公共汽车”的外形和航天飞机差不多，客舱分上下两层，能够乘坐 74 人。据推测，乘坐它上天，比乘坐目前的高级客机还舒服。

太空旅行生活是丰富多彩的。旅客在出发前两天报到，对他们作简单的情况介绍和身体健康情况检查。进入太空后，乘客可以离开座位而在客舱里飘移，体会空间失重的滋味。头顶上的过道可供他们作与地板平行或倒置的溜达。旅行期间，乘客还可以学习怎样进食、喝水，以及在失重情况下休息。最令人感兴趣的活动项目是，可以把舱门打开，让旅客一览无余地观赏那无垠的宇宙和下面的地球的独特景色。

但是，乘坐“空间公共汽车”飞向太空，像发射航天飞机一样，费用太昂贵，买一张旅游票，就得花掉几十万美元(蒂托花2000万美元)。这样就很难满足大批大批的人们去太空旅行的需要。因此，宇航科学家又在构思和设计一种真正的上天之路——通天塔。

这座“通天塔”是名副其实的顶天立地的庞然大物，准备在地处赤道的厄瓜多尔境内的基多市建造。这座塔的建造方式奇特，是自上而下地建造。具体方案是：先发射人造卫星到赤道上空3.6万千米的同步轨道上，卫星定点后，就从卫星上开始向地面建造。为保持平衡，向卫星两侧等距离地建造钢塔塔身。在高空时，由于失重建造塔身倒还容易，等延伸到大气层这一段时，建造最困难，得由几十架重型直升机前来帮忙。

通天塔建成后，要和地面的交通系统相连，大批的旅游者先乘地面交通工具，运行到一定速度后，就可以自动进入通天塔的高速升降机里，然后就能进入太空去旅行了。

太空之行

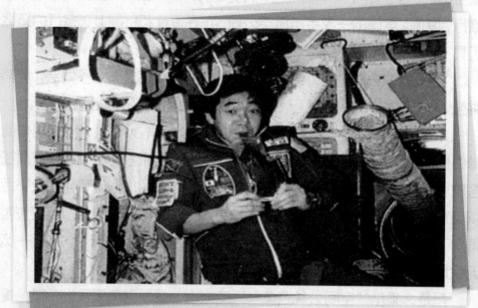

美国人丹尼斯·蒂托决定支给俄罗斯航天局 2000 万美元，以实现自己幼年时的到太空旅行的梦想。他是第一位太空游客，但却不是第一位在付钱之后飞往太空的人士。早在 1990 年苏联解体前，苏联人就开始通过宇航员送往"和平"号空间站来收取费用了。

第一个进行收费太空飞行的是东京广播公司的记者秋山。他于 1990年 12 月被送往"和平"号空间站，并在那里逗留了 8 天。东京广播公司至今仍拒绝透露这次飞行的价格，但据估计约为 2500 万美元。

2001 年，莫斯科时间 4 月 30 日 13 时 31 分，由首位太空游客蒂托、俄罗斯宇航员穆萨巴耶夫和巴图林组成的短期考察组与国际空间站上的第二长期基本考察组胜利会师。

短期考察组创造了三项新纪录：蒂托时年 60 岁，是有史以来俄罗斯飞船搭载的最老乘客；由于随行的穆萨巴耶夫和巴图林分别是50岁和51岁，因此他们还组成了人类航天史上最年迈的一个考察组；蒂托还将成为乘俄罗斯飞船返回地面的第一位美国公民。

在遨游太空8天后，首位太空游客蒂托平安返回了地面，人类历史上首次太空旅游因此画上了圆满的句号。

莫斯科时间5月6日9时41分，载有蒂托和两名俄罗斯宇航员的"联盟TM-31"号飞船的返回座舱，安全地降落于哈萨克斯坦的阿尔卡雷克地区。

5月6日凌晨，在脱离国际空间站之前，蒂托、穆萨巴耶夫和巴图林会聚在俄罗斯"星辰"号服务舱内，共同与俄罗斯地面飞行控制中心进行了最后一次联络。蒂托在联络时难掩激动。他说："在太空中的这8天是我一生中度过的最美好时光。我的理想终于实现了。如果可能的话，我愿意在太空住上几个月。"

由蒂托、穆萨巴耶夫和巴图林组成的短期考察组是4月28日升空的，其所乘坐的"联盟TM-32"号飞船于4月30日与国际空间站对接。

在为期8天的太空游览活动中，蒂托透过空间站的舷窗对景象万千的太空世界进行摄像、拍照，并通过俄罗斯地面飞行控制中心的雷达显示系统接受了记者的采访。此外，他还承担了国际空间站上的一些"家务劳动"，为宇航员们节约了工作时间。

在空间站上停留期间，短期考察组为空间站更换了用于紧急疏散的"联盟"型飞船。短期考察组组长穆萨巴耶夫还进行了太空环境下观察果蝇遗传特性的实验。宇航员巴图林也进行了等离子晶体的实验。而蒂托则与两名宇航员共同观测了海洋生物繁殖区，并尝试从太空为科学考察船和渔船作业提供帮助。

黑熊与航天

科学家试图发现黑熊在冬眠中的奥妙，以寻求应用动物生理学的原理，解决星际旅行中宇航员生活的课题。

在美国明尼苏达州罗彻斯特城马约医院内，纳尔逊教授和他所领导的医生、兽医以及学生，试图通过对黑熊的研究找出答案。

第一，黑熊是如何进入冬眠的。如果宇航员也能够这样做的话，超长太空飞行中，储存食物、水和其他供应需占用的空间肯定能缩小，载重可减轻。安睡的宇航员在飞往另一世界时，甚至就不需要食物和水了。

第二，希望模仿黑熊在冬眠时，有效处理体内分解蛋白质排出来的废品——尿素。由于肾功能失常，往往尿素可以致人死命。

纳尔逊教授在研究观察中，发现黑熊有许多有趣又耐人寻味的事。

熊是不熟睡冬眠的动物，稍有点风吹草动，就会惊醒，迅速进入警戒状态，并认真摸清它周围的情况。它的警觉实在很高！可是一个宇航员在航天中，不要说从睡眠中苏醒过来需要时间，就是打瞌睡，也会使操纵秩序乱套。

黑熊每年有3～5个月的漫长冬眠期。冬眠前，它每天花费20小时，戏剧性贪婪地吞咽大量食物和水，纳入的热量相当于8000～20 000卡。进入冬眠时，熊不吃不喝，也不排泄，每昼夜要消耗4000卡热量。这个时期，它仅靠额外组成的蛋白质营养身体，还从储存的脂肪中进行物质分解所分泌出的水分中，得到它身体蒸发需要的相等水分。蛋白质内部循环的强度，比平常要高4倍。

在黑熊冬眠最后阶段，体内没有形成蛋白质的分解物。血液中的氨基酸、蛋白质、尿素、尿酸和阿摩尼亚，在整个冬天都保持没有变化，也未发现肠内有氮的存在。尿，每天都有，但尿形成后，经过膀胱壁又回到血液里，肾里只有极少的尿。

冬眠将近结束时，黑熊出现吵吵嚷嚷的现象，体重减轻的部分，相当于它秋天体重的1/4，然而不显得太饿，过了两个星期，黑熊才恢复正常进食。奇怪的是，黑熊在冬眠期还能生熊仔，超级有效的营养系统不仅供给它自己食物，还给小熊以乳汁。

科学家们相信，控制动物冬眠的关键是一种特殊激素在起作用。这项研究如有突破，黑熊冬眠的奥秘即可揭开。动物生理学亦可能应用于航天事业。另外，还能解决医疗方面的一些问题，比如慢性肾炎、过度肥胖症、营养不良和失眠症。

ok

第二章 宇宙及其探测与开发

广阔无垠的太空，是个强辐射、高真空、微重力、无细菌和温度低、阳光足的环境。在这个环境里，蕴藏着人类取之不尽，用之不竭的宝藏。开发利用这个人类第四个生存环境，可为人类造福万千。

对高远位置的开发利用，实际上是对获取声音和图像信息技术的开发利用。比如人们每天收看电视台的"新闻联播"节目中的国际新闻，正是利用广播电视卫星传播来的。

在太空中，通过气象卫星绕地球一圈，可观察到全球约20%的地面，通过它能把气象预报准确性提高100倍左右。

利用遥感设备可洞察一切，为地质勘探、土地和牧场调查，对作物的估产、森林的分布和防火、渔业环境的分析等，提供准确的信息。比如，一幅测地卫星照片可覆盖1.6万平方千米的地表面积，只需一人用几天时间就可完成全部解释草图；如用人工，则需30多人用6~7年时间。

在空中设置导航台，可为舰船、飞机、车辆甚至步行导航，特别是对遥远地区和不可进入的地区更有价值。

利用太空中的微重力的特殊状态，能极大地促进材料科学、生物科学和药物科学甚至商品生产的飞跃。

在微重力条件下，由于无浮力，液滴较之地面更易悬浮，采用悬浮冶炼金属时，可不用容器进行熔点极高的金属冶炼，从而能改善合金的晶相组织，使金属强度大大提高。

在微重力下，不同比重的物质的分层和沉积现象消失了，这样，无论几种熔融态的金属的密度相差多大，在凝结中也不存在热扰动，因此，可制出成分非常均匀的合金。同样，气体和熔体的热对流也消失了，这就为在空间制备高纯度大尺寸半导体的单晶和分离活的细胞和蛋白质创造了条件，从而能制成极纯的化学物质、生物制剂和特效药品等。

利用空间太阳能的装置，在地球同步轨道上的卫星，能把太阳能转化成电能，再通过微波或激光把能量送到地面使用。开发利用月球和近地小行星上的铁、钛、镁和硅等矿藏，可作为建造月球基地和空间站的结构材料及电子工业材料。

令人神往的火星

近百年前，关于火星运河、城镇、火星人及星球大战的传说曾甚嚣尘上，一度成为震惊全球的爆炸性新闻。有关学者确信，火星上布满了"绿洲"，火星表面之所以忽明忽暗，正是植物带随季节枯荣的佐证。直至20世纪50年代末，还有人认为火星的两颗卫星是火星人发射的；自20世纪60年代初，人类发射火星探测器以后，人类才开始逐渐认识火星。

根据科学家们的设想，人类探测火星的目标被分为几个阶段。

火星探测的第一阶段是派出探测器掠过火星。1962年11月，前苏联发射的"火星-1"号探测器在飞离地球1亿千米时与地面失去了联系，从此下落不明。但它被普遍认为是人类火星之旅的开端。

第二阶段是使探测器被火星的引力俘获，成为火星的人造卫星。1971年11月，美国发射的"水手-9"号飞船进入火星轨道，成功地拍摄了火星全貌，确认火星上并不存在运河，火星的一个半球上有许多环形山，外貌很像月球，另一个半球则比较平坦。

火星探测的第三阶段是派遣飞船在火星着陆。1976年7月和8月，美国"海盗-1"号和"海盗-2"号飞船的着陆器分别在火星成功着陆。这两个着陆器携带了许多精密仪器，分析了火星的土壤，测量了风速、气压和温度，并确定了火星的大气成分。

以1997年7月4日在火星登陆成功的美国"火星探路者"和1999年1月发射的"火星极地着陆者"为代表的火星探测是第四阶段。主要目的是让探测器在地面工作人员的遥控下在火星表面上收集资料，并进行分析。

火星探测的第五阶段是派遣自动取样飞船前往火星，把火星上的多种样品送回地球供分析研究。2001年4月7日，美国"奥德赛"号探测器升空，6个月后将进入火星轨道，对火星的地壳和大气进行分析，寻找水的痕迹。

近40年的火星之旅，人类对火星有了前所未有的认识。其实，火星是与地球同期诞生的近邻，其直径是地球的一半，与太阳的距离相当日地距离的1.5倍；火星周围有一层稀薄的大气层，大气压只有地面的1%，大气中二氧化碳占95%，氮占2.7%，氩占15%，还有微量氧、一氧化碳和水汽等；火星地表温度与地球相近，火星赤道地区夏季中午气温可达27℃，夜间温度降到-50℃以下。火星上没有水，也没有植物，更无河流，处处是环形山，强风常使红色尘土四处飞扬，但有洪水冲刷或淹没的"河床"；火星两极有厚达数千米的冰冠。

在这之后，火星考察将步入最终也是最困难的阶段——让人类登上火星。

火星陨石到达地球之谜

122

自从20世纪70年代以来，众多的科学家对地球上1万多块陨石进行反复研究，发现其中有极少部分是来自火星。科学家发现这些陨石碎片的成分不仅与地球和月球不同，而且也有别于所有其他已研究过的陨石。它们碎片的气体——同位素正好与1976年美国"海盗"号火星探测器测得的火星大气数据一致。这就说明这些陨石来自火星。

但是，如此大的陨石怎样能冲出火星引力而来到地球呢？这的确是个难解的谜。

1983年一些科学家经过研究认为，月球上由于某种原因使一些大的陨石能脱离月球引力而到达地球。据此推论，陨石冲出火星引力也似乎是可能的。不过，脱离火星所需要的逃逸速度必须是月球上逃逸速度的2倍。由此看来，尽管从地球化学的角度证明这些陨石与火星有联系，但冲出火星引力从"力学"角度来看到底是否成立?现在,美国加州理工学院的两位专门研究陨石的科学家得出了能够成立的结论。

那么,这些陨石到底是怎样飞离火星的呢?

有人认为,由于有质量很大,速度相当快的陨星撞击火星表面,因而撞下了几片陨石,使之以高速脱离了火星引力来到地球。

但是,立刻有人提出了疑义:火星陨石的碎片在高速运动物体的撞击下是会融熔乃至汽化的。从达到地球的陨石及碎片来看,没有这种迹象,说明它们脱离火星时所受的撞击并不是很大。

前面提到的两位美国专家认为:外来天体与火星产生倾斜碰撞,这种天体大量汽化,以致形成一种高速卷射气流(或称卷流),这种气流能挟带火星表面的岩石,加速运动到超过火星引力的逃逸速度。他们还作了计算机模型,并用压缩气炮发射固体塑料弹进行了实际试验。试验表明,当撞击的角度与水平线成 25~60 度的夹角时,卷气流的运动速度约为每小时 8 万千米。据他们计算,进入火星的炮弹(陨星),直径为 0.19~1.9 千米时能产生密度相当大的卷气流(即每立方厘米为 0.1~1.0 克)足以卷起火星表面的岩石,并使之达到完全脱离火星一直到达地球所需的速度。

很多科学家都同意这种说法。不过,要想真正弄清这个谜,还有待于科学技术的进一步发展了。

在火星大气层中发现激光

　　激光是人类继原子能、半导体、计算机之后，在20世纪中的又一大发明。激光的颜色最纯。激光的波长范围要比普通光小得多，通常只发射几种，甚至有时仅仅是一种波长的光。所以，它的单色性比普通光好上几万倍。激光的方向性极好。激光在传播中始终像一条笔直的细线，发散的角度极小。一束激光射到38万千米外的月球，光圈的直径仅扩大到2千米左右。假如探照灯也能照到月亮上，那么这道光束的直径将超过几千千米。激光的亮度特别高。激光的亮度之强，竟比太阳亮100亿倍以上！所以，自从1960年5月美国休斯飞机公司中央实验室的科学家梅曼制成世界上第一台红宝石激光器以来，激光在工业、农业、医学、军事和高技术产业等方面，得到了非常广泛的应用，展示了无限广阔的前景。

　　迄今为止，激光只是一种人工光源。有人认为，自然界是没有能力

产生出如此高度复杂的技术成果的。然而，在20世纪80年代，美国宇航局的科学家们通过探测器探测到，在火星表面之上75～90千米的大气层内，有激光辐射。这种波长为10.4微米和9.4微米的亮度，是一般的气体分子辐射亮度的10亿倍。科学家们认为，入射的太阳光使火星大气层中的二氧化碳分子受到激励，并导致处于高激发态的分子比处于低激发态的分子多，最后造成产生激光的条件——粒子数反转。科学家把这种火星激光器称为"太阳能泵浦的二氧化碳激光器"。

科学家们认为，自然界中还可能存在类似火星大气那样的激光辐射现象。例如，木星两极有时发出亮度极高的光辐射，有人认为这有可能是木星两极地方存在的氨受激励后形成了"氨激光器"。让人们最感兴趣的是，有人提出地球北极光中波长为4.5微米的强辐射，它很可能也是激光。人们由此提出了一个引人入胜的课题 地球大气层能成为一台巨大的激光器吗？要使地球大气层的激光成为像人工激光器所发射的那种方向性极好的激光，必须克服它发射散乱的缺点，在地球上空放置一套用以形成准直光束的轨道反射镜。国外有关研究机构已计划研究 制造这种太空反射镜所需的技术。有朝一日，地球大气层如果成为一台天然激光器的话，它也许可以成为一种新的能源，让人欢欣鼓舞。

勘探火星的新发现

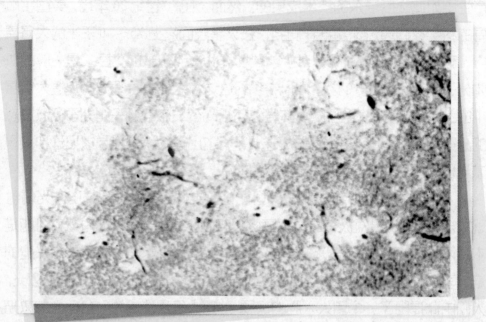

126

　　1998年在火星轨道中运行的"环火星勘探者"号飞行器，经过半年的勘探证实，火星北半球一个面积很大的区域是以北极为中心的低洼平原，而火星表面的其他区域则是古代高原。

　　"环火星勘探者"号携带的激光测高仪发回的数据表明，位于火星北半球的这块低洼平原比金星上的火山平原或地球上的沙漠地带更为平整。

　　那个区域的地势起伏，在数百千米范围内只相差50米。美国科学家玛丽亚·米伯在《科学》杂志上发表文章说："它是我们迄今所知道的太阳系中最平整的表面。平整程度唯一能够接近那个区域的地方是经过冲积形成的海床，但是火星上的那个平原实际上比海床还要平整。"

　　玛丽亚·米伯还说，火星的北半球与地球海洋之间存在的相似之处表明，假设曾经有过的火星海洋也是由如今已停止活动的构造板块移动造成的。

美国宇航局的许多科学家则认为，火星上的那个平原可能是数十亿年前由巨大的彗星或陨星撞击形成的。

科学家说，在火星轨道中运行的“环火星勘探者”号飞行器发现了火星上的“隐形的沉积物”，即火星大气中奇特而又危险的凸起，以及敞着口的峡谷。

科学家在有关他们的研究结果的一系列报告中，描述了这颗同地球相比在地质上是平静的行星上，风制造出的一些奇异而又出人意料的构造。

控制着这个小小自动空间飞行器的科学家们在《科学》杂志上发表的报告中说，他们对于看到的东西感到惊奇。

乔治·华盛顿大学的大气科学家杰拉尔德·基廷说：“人们发现有两个巨大的凸起，一个遮盖了半个火星。”

他认为，火星大气中的凸起是二氧化碳波造成的，这些波影响了空气的压力、密度和温度。基廷说，这些波也同火星表面的高地地区有关。

一种可能性是：火星经常刮的东风实际上把大气堆积起来。在地球上，西风被东风抵消了，因此能防止出现这样的效应。

另外一个出人意料的发现是：火星表面上的风暴可能影响上层大气。一场很小的风暴将整个大气的压力增加5倍。基廷说：“它把整个大气向上推高了8千米。”很明显，被风暴吹到大气中去的尘埃被太阳烤热，使得大气的密度变得更高。

人类举步迈向火星

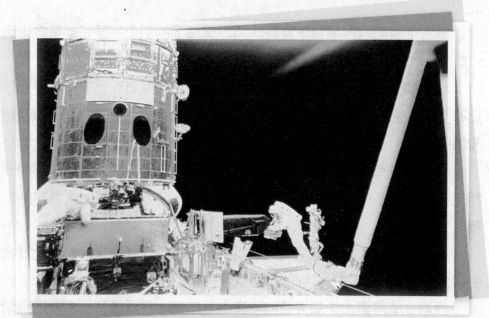

1995年6月29日上午10时许，在距离地面300多千米的宇宙空间，刚刚成功对接的美国"阿特兰蒂斯"号航天飞机指令长胡特·吉布森的右手和俄罗斯"和平"号轨道空间站站长弗拉基米尔的右手紧紧地握在一起。这是继1975年美国"阿波罗"号宇宙飞船和前苏联"联盟"号宇宙飞船在空间成功对接之后，20年来两个航天大国的航天器再次对接。这标志着国际合作探索外层空间的新时代已经到来。

长期以来，出于各自的战略利益，美国和前苏联在空间科学领域展开了激烈的竞争。1961年，前苏联宇航员尤里·加加林乘坐航天器进入预定的轨道空间，开创了人类探测宇宙空间的新纪元；1969年，美国宇航员尼尔·奥尔登·阿姆斯特朗、埃德温·布茨·奥德林和迈克尔·科林斯驾驶"阿波罗-11"号宇宙飞船成功地登上月球，圆了人们千年的梦想。此后，两国的空间技术竞争高潮迭起，互不相让。总的来说，两国在竞争中各有千秋：前苏联及现在的俄罗斯在空间站方面领先，不断刷新并一直保持着宇航员在空间滞留时间最长的世界纪录；而美国则在航天飞机等可重复使用的载人航天器和空间医学研究等方面更胜一筹。

冷战的结束给处于困境中的两国航天科研创造了携手合作的契机。

这次美俄航天器的空中对接是两国空间技术合作的第一步。两国准备分步骤实施载人探测火星的宏伟目标。首先，利用俄罗斯“和平”号空间站作为基地进行必要的准备。接着，从1998年11月20日开始建设一座国际空间站。

科学家认为，长期在空间站工作、生活的宇航员因失重会产生诸如新陈代谢紊乱、骨质疏松、免疫力减退等一系列生理反应。早在加加林首次空间飞行之前，一些专家就曾断言，经历过零重力环境的宇航员将发生器官和感觉的大规模混乱，甚至死亡都迫在眉睫。事实证明，除了死亡没有接踵而至，上述预言是正确的。根据对至今所有几百名宇航员失重情况的研究，空间医学专家发现，他们的骨质和肌肉通常以每月10%的速率持续萎缩。大约7%的宇航员会患上空间运动症。这种病的症状为内耳平衡机制丧失、头昏眼花，四肢失去位置感、双手不听使唤等。科学家们至今仍未找到治愈这种病症的有效方法。零重力环境成了人类进一步探索、开发宇宙空间必须首先克服的最大障碍。

美俄两国计划在未来的国际空间站上进行长期合作研究，最终揭示零重力条件下的生命之谜。参加国际空间站建设的还有欧洲航天局11国和日本、加拿大、巴西等国家。

毫无疑问，国际空间站将成为人类长距离空间旅行的平台，它将成为人类探测火星的“实习”基地。

建设火星基地

　　火星的环境比月球更容易亲近。火星有相当于地球 1% 的大气，自转周期是 24 小时 37 分，也有四季变化。表面重力大约是地球的 1/3。

　　人类在火星上建设基地之前，进行了长期的探索。

　　1965 年，"水手-4"号第一次成功地探测火星，拍摄到 22 张火星表面照片。1969 年，"水手-6"号和"水手-7"号在火星上发现了多坑的沙漠和干冰极冠。1971 年，前苏联发射的"火星-2"号和"火星-3"号第一次围绕火星飞行，并绘制了火星地图。1972 年，"水手-9"号在轨道上飞行拍到了火星上巨大的火山、裂谷以及干冰极冠的清晰照片。1996 年，美国宇航局的研究者在一块火星陨石中发现了原始生命的痕迹。1997 年，火星车"索纳杰"在火星表面漫游，"火星全球勘探者"号发回了火星上干涸河床的照片。2001 年 4 月 7 日，美国"奥德赛"号探测器升空，去探测水星上的水源。2002年，"火星2001轨道飞行器"绘制了火星表面矿产分布图和探测对人体有害的辐射，并研究火星土壤。2004年，一个火星漫游器在火星上采集岩石样品，这些样品被发射到轨道上，被带回地球。第一个欧洲制造的火星探测器——"火星快车"将到达这颗红色星球，寻找能反映火星过去气候的线索，并转播其他漫游器发出的信号。2007年至2013年间，每隔一年都将有探测器飞向火星，搜索各种形式的生命和寻找较好的登陆地点。也许在2019年左右，人类将登上火星。

火星基地远比月球基地距离地球远，因此从一开始就要求自给自足。火星上若有紧急事态发生，救援队从地球赶到火星也需要一年以上的时间。所以必须建立两个火星基地，以便互相支援帮助。

火星基地也许不仅营造在火星表面，而且也营造在其卫星福波斯和德莫斯之上。这两颗火卫和小行星一样，可能也含有很多有用的物资。

在火星卫星的轨道上建设作为火星门户的太空港。火星太空港运行在比福波斯更靠近火星的轨道上。

如果从福波斯和德莫斯伸出索道，那么以最小的能量，就能把来自地球的联络船首先用空气制动器减速，进入环绕火星的长椭圆轨道；然后与德莫斯向上方伸出的索道对接；再沿索道而下，经过德莫斯，到达下索道的末端；从这里放出，不用火箭逆喷射，就能进入更低的轨道。联络船在经过福波斯时也采取同样的操作，然后与火星太空港对接，或直接突入火星大气。

在火星建筑初期基地是在2022～2023年，火星太空港的建设也在同时进行。

绿化火星

　　火星的自转周期是24小时37分，与地球的自转周期（23小时56分）极为接近，其自转轴与轨道的倾角为24度，几乎与地球的相应角度（23度27分）相等，所以有和地球相似的四季变换；地面观测表明，它的表面景色似乎也随季节而变化。火星还有固定的形态，表面也有气象变化。所以，天文学家把这颗离地球最近的外行星，称为地球的"姊妹星"。

　　为了揭开火星生命之谜，将继续发射一些无人探测器。随后将发射能回到地球来的火星探测器。这些探测器能够将火星表面和地下的岩石、土壤样品带回地球，以进一步检验火星上是否存在低级生命形式。

　　接着，人将亲自登上火星，对火星进行短时期实地考察。以后将在火星上建立永久性的考察站。

　　然后将实施历史上最浩大的工程——绿化火星。

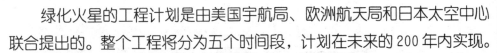

绿化火星的工程计划是由美国宇航局、欧洲航天局和日本太空中心联合提出的。整个工程将分为五个时间段，计划在未来的200年内实现。

开创期（2015～2030年）——宇宙飞船将把在地球上预制的水滴状太空舱运送到火星表面。这种太空舱可居住14名太空人，其任务是进行种植庄稼的实验；分析火星周围的气体成分、尘埃状况和太阳辐射程度；勘探地质情况；寻找生命迹象。

温暖期（2030～2080年）——这一时期的主要任务是提高火星温度。其办法是兴建一座化工厂，以小型核反应堆发电，释放出能导致温室效应的气体，生产出类似地球臭氧层的替代物，阻止火星上的热力扩散，将温度从-60℃升到-40℃。

巩固期（2080～2115年）——当火星上的温度上升到-15℃时，二氧化碳、氮气和从火星地壳中抽出的水的数量开始大规模地增加，火星大气层继续变厚，空中开始飘起朵朵白云，液态水开始在峡谷中聚积，一些苔藓植物开始在温暖的地带生长。

复苏期（2110～2150年）——当火星的大气层稳定之后，火星上的平均温度便升到了0℃。这时，一些微生物开始制造可供植物生长发育的土壤，一部分绿色植物开始脱离温室环境自由生长，火星上的人可短时间地靠吸入火星的大气生活。于是，大批地球人前往火星寻找发展机会。一个自给自足、生物圈型的小城市开始逐渐形成规模。

绿色火星形成期——当火星上的平均温度上升到4℃～5℃时，两极的冰和永冻层大部分已经溶解，大河、湖泊以至海洋陆续形成，火星上开始经常性地降雨。这时已形成厚厚的大气层。在大气层的保护下，火星上移植的大量树木自行繁衍生长，农作物长势良好，这样，在人类不懈地努力下，又红又冷的火星就会变成一个绿色的星——人类的又一个故乡。

在北极建造模拟火星太空站

134

　　为了给人类最终有一天登上火星作好准备，由国际上多个国家的科学家组成的国际火星学会投资，将在加拿大的北极地区建立一个模拟火星太空站。学会发言人指出，在北极地区建立火星太空站的目的是为了推动人类对火星的探索，及人类最终实现向火星移民。拟建的火星太空站的地址选在位于加拿大北极地区的德文岛。之所以选在这里是因为这里寒冷干燥的气候及四周的山川地貌，那布满冰块的火山口地带和上古时代湖泊遗留下来的沉淀物在很多方面同火星的表面十分相像。该学会创办人之一、美国宇航局科学家卓布林认为，加拿大的德文岛比地球上任何一个角落都更像火星。不过，德文岛同火星的最大区别是，火星上的大气层比德文岛上要稀薄数百倍。

　　在北极地区建立的这个火星模拟太空站的建筑物有三层楼高，直径为8米，可供6人生活居住。火星太空站中有一个可膨胀的温室及一个用来安置太空车的车房。太空站的各部分均密封连接而成。模拟太空站的日常能源主要靠太阳能电池板所接受的阳光来转换。不过，科学家认为位于北极的模拟太空站所能接收到的阳光，比一个建在火星赤道上的真正太空站所实际接收到的阳光要少得多。模拟火星太空站上除了有客厅及寝室外，还设有无菌实验室、健身房、工作间和储藏室。太空站的顶层和供水系统采用特殊材料，能有效地抵挡住照射在火星上的极度猛烈的阳光。

科学家认为，火星赤道很有可能是将来人类登陆火星的选择地。住在北极模拟火星太空站的科学家在这里进行人类将来在火星上执行各种任务的模拟训练。负责具体制订人类火星太空站计划的科学家帕斯卡尔表示，他们此举要达到的目的有两个：一是向人们广泛宣传将来人类向火星移民的概念，争取世界各国对探索火星计划的支持；二是吸引私人企业对开发火星的兴趣，吸引他们对此投资。

国际火星学会派科学家在火星太空站里面工作，以体验和了解人类日后登陆火星将可能面临的各种问题。他们还希望借助此项实验来考验及改进人类在登陆火星时的那些不可缺少的水源挖掘及废物再循环设备，以便制订出火星探索计划，早日实现将人类送上火星的目标。

俄罗斯将进行载人火星飞行

　　由俄罗斯航天研究所研制的高能中子探测器，乘美国"奥德赛"号火星探测器于2001年4月7日发射升空，俄中子探测器将详细探测火星的近地表层，以确定火星地表下两米以内的含水区域，并绘制出这些区域的地图。俄罗斯科学家表示，水是生命的源泉，如果科学家能够确定火星上真的有大量的水存在，那么人类在火星上建立永久性考察站和航天基地的进度将会大大加快。

　　俄罗斯一度保密的空间科学研究所负责人声称，俄罗斯已克服了载人星际飞行的一切主要障碍，"在本世纪20年代"应该能实现载人火星飞行。

　　俄罗斯科学家阿纳托利·格里戈列夫说，"和平"号空间站15年来的尝试和失败，使俄罗斯在挑选、训练、供养和支持参与一年或一年以上空间飞行的宇航员方面，积累了前所未有的经验。同时，这个过程也对如何使与距地球4.48亿千米远的宇航员保持身心健康提供了重要信息。美国专家也相信，俄罗斯人在解决长时间失重和绕地球飞行——而不是飞离地球——的心理问题上处于领先地位。

格里戈列夫教授说："我们的工程师相信，我们在2020年前能做到这一点。从医学角度看，实施载人火星飞行计划没有重大障碍。"格里戈列夫于2001年4月初预计，俄罗斯最早将在2016年运载宇航员飞往火星，这一预测震惊了整个航天界。

俄罗斯的火星飞行计划始于格里戈列夫教授。为了实现这个计划，他负责管理俄罗斯科学院生物医学问题研究所。该所采用这一中性名称是为了迷惑外国人。在它的灰色大门和带有倒钩铁丝网的围墙后，局外人仍然找不到任何说明其真相的线索。但人们普遍承认，该所掌握着全球最多的克服失重、宇宙辐射和长期空间旅行导致的极大心理压力问题的专门知识。这种专门知识，不仅包括对失重条件下人类血液和激素变化的独有研究，而且包括怎样应付不守规矩或情绪不稳定的宇航员，以及在类似巨型铝制蜗牛壳的星际温室中，培养维生素和新鲜蔬菜，从而保持正确饮食方法。格里戈列夫教授的计算机中存有几十年来收集到的资料，这些资料在其他任何地方都无法获得，但可证明对人类活着完成长达2～3年的火星飞行旅程极其重要。

"和平"号空间站——宇航员在该空间站的太空飞行纪录在近几年内很难打破——使俄罗斯在通过人类汗尿循环利用饮用水方面，获得了其他国家无法匹敌的经验。由该所负责的10颗前苏联制造的"生物研究卫星"，已发现如何在星际鸟类饲养场饲养日本鹌鹑，从而为宇航员提供肉类和鸟蛋。

ok

遥望太空的电子眼

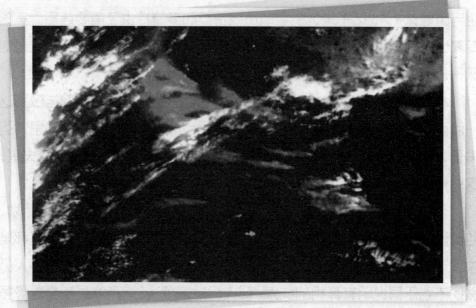

138

　　澳大利亚天文学家运用带有电子眼的光学天文望远镜，成功地拍摄到船帆座脉冲星的照片。这颗星体的亮度微弱，只相当于从地球观察月亮上的一盏40瓦白炽灯，如果不用电子眼就无法觉察。电子眼实质上是一种对光和射线特别敏感的传感器。它的品种规格很多，如果按接受光波范围来划分，有红外电子眼、紫外电子眼、x光电子眼和γ射线电子眼等。

　　红外电子眼是用对红外线极为敏感的材料制成的，通常分为两大类：一类是光探测器，另一类是热探测器。红外电子眼不需要直接接触就能获知被测物体的温度、森林火灾等等。装在气象卫星上的红外电子眼，可以预测全球气象变化，进行天气预报；装在遥感卫星上，通过地球表面微小温差的变化，可以探测地下热能的矿藏，测量森林面积和土地使用情况，预报粮食产量，观察农作物生长及病虫害情况；装在军用卫星上，可以发现水下40米处的舰艇、地下导弹发射井、飞机起飞、坦克行驶以及部队集结和调遣；装在热像仪上，可测量人体热像图，由热像图上的亮度辨别出肿瘤大小和部位。

紫外电子眼、x光电子眼和γ射线电子眼常常和红外电子眼一起安装在遥感卫星上，对地球进行全波段遥测。

飞往广袤的宇宙空间，去寻找人类的"远邻知音"，探索他们的文明，这是人类梦寐以求的。

为了观测最遥远的宇宙天体，为了揭示天体的性质和演化，希望电眼口径尽可能地大，分辨率尽可能地高。假如波长为10厘米，要得到20角秒的分辨率，就要电眼口径为1千米。这么大的天线在工程上难以实现。为解决这一问题，20世纪80年代世界上出现了几种大型和超大型天线。

超大型口径阵列天线——为了增大电子眼接收面积和角分辨率，英国科学家赖尔提出了"口径综合设计法"，使电眼功能有大的突破。根据这个原理，现已设计和建造了世界上最大的口径综合阵列天线，它由27个直径为25米的抛物面天线组成，按"V"形排列，每臂长约21千米，各个天线之间的距离不等，通过计算机控制，采用"富里叶综合法"，角分辨率达0.6秒，突破最大型光学天文望远镜角分辨率为1秒的极限，为进一步探索天体和宇宙创造了条件。

最大的反射面天线——在阿累西伯建造了世界最大的反射面天线，工作频率是从50赫兹至5000赫兹。天线建造选择的地势几乎是球面，高达20层楼，建造的天线直径约200米，其面积为8万平方米。科学家们利用这部大型电子眼可观测到宇宙边缘三个特殊星体，离地球均为15×10^2光年。此外，还有最大的毫米波天线、最大的亚毫米波天线。

由于上述各种大型天线的问世，射电天文学进入了新的飞跃时期。

拨云见日的太空望远镜

1609年，意大利科学家伽利略研制出了世界上第一台望远镜。

400年来，望远镜技术取得了巨大的进展。目前世界上最大的天文望远镜的口径达6米，它的转动部分总重量达800吨。然而，由于地球的周围蒙上了一层厚厚的大气层，它像纱幕似的挡住了天文学家的眼睛。为了摆脱大气层的干扰，他们期望有一天能到大气层外部进行天文观测。

随着美国第一架可往返的太空飞船——"哥伦比亚"号航天飞机的试飞成功，一系列新的令人振奋的科学项目列入了太空计划之中。其中一个十分引人注目的项目，就是安排航天飞机将一座"大型太空望远镜"送入环绕地球轨道。

这座大型太空望远镜，全长13米，直径4.3米，重7.5吨，其主镜的直径为2.4米。这座天文设备起到了地面望远镜所不能起到的作用。

目前，山顶天文台所使用的望远镜，均须透过地球大气层进行观测，因此将受到来自各星体的光度、紫外线和红外线的干扰。此外，大气的湍流也会使图像模糊不清。夜晚观察则由于大气辉光和照明灯光的影响，地球上空依然散射着微光，即使最大的地面望远镜也难以把那些极其暗弱的目标拍摄下来。最精良的地面望远镜的分辨力约为1角秒。这个1角秒精度的取得已属相当不易的了。但是，天文学家还是觉得这个角度太大。火星和月球表面的一些细节情况至今不详，要在它们表面获得新的意外发现，似乎只有将探险飞船送上这些天体才有希望。

然而，由航天飞机带入轨道的太空望远镜，可不再受到大气的干扰，即使比目前所见的最暗弱的天体再微弱50倍的目标，太空望远镜也能将它记录在案。

太空望远镜在环绕地球运行时虽然没有重量，但是由于地球重力场的存在，实际上还是有一股很小的力作用在其身上。因此，要使这座太空望远镜的瞄准能力始终保持在0.1角秒的精度，望远镜内的计算机必须进行复杂的计算，小火箭也必须严格按规定时间点火。事实上这是很不容易的。

天文学家可以通过这座大型太空望远镜，在深邃的太空中看到比目前地面望远镜所能见到的再微弱50倍的目标。在那广阔无垠的宇宙中，它的视野比地面望远镜增加了7倍。对于遥远的银河向我们发射出光和有关宇宙膨胀的无线电信息，对于爱因斯坦首先提出的那个宇宙膨胀理论，将会有更多的发现。我们还可能在邻近的恒星周围找到新的行星，甚至有望看到太阳系中最遥远的行星冥王星的表面。

所有这一切新知识，无疑将有助于我们进一步了解人类赖以生存的世界和宇宙。

哈勃太空望远镜

142

由美国"发现"号航天飞机安置在距离地球 610 千米预定轨道上的哈勃太空望远镜，重达 11 吨，它的长度为 13.3 米，直径是 4.3 米，其中心部分为一面直径是 2.4 米的光学反射镜。望远镜的两侧各有一块长 12 米的太阳能电池板，看上去犹如一对大翅膀。

哈勃太空望远镜整套设备包括 8 种重要仪器，它会根据需要自动瞄准、跟踪星星，使望远镜准确地指向目标。其观测能力，就好像能把一束激光从华盛顿射到纽约的一个一毛钱硬币上那样神奇、准确。

有的天文学家说：哈勃太空望远镜是一种光的运输工具，它让天文学家们对"几乎是'时间的开端'进行一次时钟倒拨的奇妙旅行"。

探索宇宙的形成和发展，必须观察研究充斥于宇宙中的各种射线或波长。由于大气层的限制，地球上的望远镜再先进也无法观察某些射线。

太空望远镜则能观察到光线最微弱、最遥远的一些天体。它们的光是这些天体数十亿年之前发出的。

光从太阳传到地球需要8分钟，因此人们看到的太阳是8分钟以前的样子。如果人们观察距地球10亿光年远的星系发出的光，那是在时间上倒退回去观察10亿年以前的星系。

天文学家认为，太空望远镜有助于观察十分奇特的类星体。100多亿光年以前，当类星体发出的光开始其星系间的"旅行"时，银行系还只不过是宇宙中的尘埃和气体聚合而成的云团。类星体发出的光"旅行"了100多亿年之后，这些尘埃和气体组成了上千亿个银河系的星体，包括太阳及其行星在内。令人感慨不已的是，当这种光到达太阳系时，地球上的生命已进化到能把巨大的望远镜送上轨道以探测这种"旅行"了100多亿年的光的阶段。

天文学家认为，类星体一直处于变化之中，而且很可能已不复存在。如果真是这样，天文学家看到的类星体的光已有了100多亿年的历史。

按照宇宙大爆炸理论，太空望远镜可以观察到的光是大爆炸发生时射出的。宇宙的演变是在大爆炸后开始的，大约发生在150亿年以前。天文学家希望能看到各种星系开始形成的情况以了解银河系的形成过程。

哈勃太空望远镜是20世纪90年代一系列天文望远镜送入地球轨道的第一架。哈勃望远镜主要用于观察那些可见的紫外线辐射线。

继哈勃望远镜之后，送入太空的第二架大型天文望远镜是伽马射线太空望远镜。伽马射线穿透力极强，不能直接观察到，但能用探测器加以记录和计量。

接着，发射了探测x射线的太空望远镜。研究宇宙中的x射线将有助于解开宇宙中的黑洞之谜。

机器人走向太空

144

在1997年7月的一个早晨，一个小型的机器人越野车挂在降落伞下，通过火星稀薄的大气降落在古老的冲积平原崎岖不平的地面上。这辆60厘米长、六轮的越野车装备有一台计算机、太阳能电池板、传感器、一台x射线光谱仪、摄像机和一台使它能够通过着陆装置同地球联系的无线电台。

它进行了诸如拍摄岩石照片、评估火星尘的性质和通过在它一个轮子上安装的金属爪来抓岩石，测试岩石的硬度等科学研究工作。

这次使命首先是要试验机器人在了解甚少的火星地形上的功能。美国宇航局说："这个越野车主要是一次技术本身的试验。"

这辆越野车在火星表面上行驶和活动成功的程度将影响未来空间机器人的设计——这是一项提出重大挑战的任务。送到空间去的机器人必须

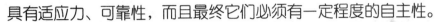

具有适应力、可靠性，而且最终它们必须有一定程度的自主性。

科学家已成功地给其火星"导航者"机器人一定程度的独立性。科学家将指示它到哪里去，干什么工作，但是它可以自主地执行这些任务，并在沿着一条轨迹行进时避开冲撞。

机器人技术专家认为，飞行到太阳系较远的地方去，将要求机器人有较大的独立行动的能力。

给机器人多方面的自主能力，这在技术上的困难是很大的。最大困难之一是需要十分先进的传感器，帮助机器人评估它们周围的环境。

据意大利空间技术公司总经理维托里奥·文图里尼说，目前正在从事有关先进传感器的研究工作，特别是可以评估对于一个物体施加的力的传感器的研究工作，在 21 世纪初可能产生重大成果。

机器人可以到人类难以到达的许多地方去。例如，欧洲航天局计划于 21 世纪初发射"罗塞塔"，这是向维尔塔宁彗星施放的一个探测器，这将使它面临 − 200℃和真空的环境。

另一个关于机器人可以从事本来不可能的任务的例子是，它们具有清除越来越多的集中在地球静止轨道上旧卫星碎片的潜在能力。

日本的宇宙开发事业团已经在考虑如何利用机器人去修理失控的人造卫星。

不管机器人的使用会带来什么副产品，它的使用有时将引起人们的争议，特别是会引起那些认为机器人的使用会损害载人空间计划的人们的担心。

但是，任何航天局都不会无视机器人提供的工作范围，它们能够从事更便宜、更安全的飞行。

ok

宇宙飞行机器人

随着人类宇宙开发进程的不断拓展，宇宙开发已从过去单一的人造卫星应用的初级阶段，向多用途的大型宇宙设施的建设方向发展，目前出现的各种太空实验室、轨道空间站即是未来大型宇宙设施的雏形。

大型宇宙设施的构筑，不但可让人们进入太空领略宇宙的深邃和博大，更为重要的是人类可将工厂搬入太空，在无重力的真空中冶炼新材料；可将实验室搬入太空，在无大气层阻挡的条件下观察、发现更多的大自然奥秘；还能在太空中修建庞大的太阳能发电站，将取之不竭、用之不尽的太阳能源源不断地送回地球。

然而，大型宇宙设施毕竟不同于目前的轨道空间站，其建设和维护的工作量是目前的宇航员舱外活动所无法承担的。大型宇宙设施的建设不但工作量极大，而且具有较大的危险性，需要考虑到宇航服的劣化问题、辐射对宇航员的不良影响问题、生命维持装置可能出现的故障问题，以及宇航员与卫星、机器人、工具等可能发生的碰撞问题等等。而且如果将大量工作人员送入太空，其耗资也是十分巨大的。

基于上述原因，科学家正在研制宇宙飞行机器人。

宇宙飞行机器人在无重力的太空中完成建设和维护工作，其运动方式和控制方式都与地面机器人有很大区别。宇宙飞行机器人平时飘浮在太空中，依靠其自身携带的推进器完成平移和旋转运动，即是以"飞行"方式进行运动的。宇宙飞行机器人受惯性力和其他物体对它的反作用力影响十分严重，例如，机器人工作时腕部的振动会引起机器人主体姿态的变动，机器人捕捉飞翔物体时又会引起机器人主体的转动等等，这些都是它与地面机器人的不同之处，也是各国科学家研究的课题。一旦宇宙飞行机器人付诸实用，将极大地促进人类对宇宙开发的进程，为人类创造更加美好的明天。

美国宇航局局长丹尼尔·戈尔丁在纪念美国人首次太空飞行40周年"研讨会"上说："我们被锁在地球轨道内的时间太久了，但我们将很快打破这一禁锢。""让我们牢牢记住：人类不能满足于一个星球的生存空间；让我们牢牢记住：在我们有生之年，人类的疆域将扩展到其他星球，到太阳系的其他天体；我们将建造机器人，送它们去探索太阳系外的星球，作为人类探索的先遣队。"

21世纪人类将飞往何处

148

2001年5月8日，美国宇航局局长丹尼尔·戈尔丁在一次会议上预测，在20年内，人类的足迹可以踏上火星。

届时，科学家们将派出一个由4名宇航员组成的考察组，飞临火星进行实地考察。

这就首先需要把所需的全部物资，运送到环绕地球运行的空间站上。然后在空间站上组装和建立一个靠太阳的力量航行的"太阳帆船队"，以借助太阳的"光压"和太阳风的"风力"，把这支浩浩荡荡的船队，"吹"往火星方向。再利用火星的引力，把帆船运输队吸引到离火星3000千米的卫星上，以等待宇航员的到来。第二步是当地面指挥中心在准确得到所需物质正运送到火星附近后，宇航员约用半年时间到达火星附近，待宇航员勘察和选择好最理想的着陆点，并得到地面指挥中心同意和批准之后，就由2名宇航员登上火星，进行实地考察。另外2名宇航员则留在火星轨道站上，执行交接任务，等整个考察任务完成以后，4名宇航员再一起返回地球。

在未来100年内，人类将开始进行星际间旅行，能驶往α半人马星座或巴纳德星。

科学家认为，未来进行星际旅行的基本手段大约有三种：

低速世界飞船——"世界飞船"是一种庞大的、旋转着的圆柱形宇宙飞船。星际间旅行将需要几千年时间，因此在到达目的地之前，要在世界飞船上繁衍、死亡数代人。

生物医学延长寿命——通过遗传工程使人类寿命得以延长。因此，不论世界飞船速度如何，也会使旅行者飞到星系目的地。

时钟慢走——世界飞船以接近光速的速度飞行，相对论效应会使时间膨胀，从而使飞船乘客感到旅程缩短。

当人类获得星际旅行技术后，下一个问题便是：人类将飞往何处？在21光年范围内，约有100颗恒星，它们是银河系内人类可探查到的第一个停靠港。α半人马星座有3颗恒星大约距地球4.3光年。这3颗星中距地球最近的是称为比邻星的红矮星。该星座的主要星是α半人马星座A，它是一颗像太阳样的黄色星，但比太阳质量大得多，明亮得多；较暗的一颗是称为α半人马星座B的橙色星，它以约80年的周期绕α半人马星座A转动。

在α半人马星座之后下一颗最近的恒星是巴纳德星——另一颗红矮星。它的通过空间的特有运动表明，可能有一颗或几颗行星围绕它转动。但巴纳德星上存在已进化生命的可能性甚小，因为它还从未达到可能产生核反应的温度。

21 世纪的航天器

150

　　科学家认为，从现在开始，一旦航天技术向着实际应用的目标发展，它在 21 世纪的情况将大为改观。

　　航天技术的实际应用之一是科学探测。美国喷气推进实验室计划在 21 世纪初实施的两项太空探测使命是"冥王星快速探测飞行"和"凯珀快车"。前者将用于完成"旅行者"号行星探测器对太阳系外层行星近距离探测的任务，后者则用于探索"凯珀带"。凯珀带是海王星外侧轨道上的一个较小行星带。这两项航天计划可反映出21世纪航天器的发展方向。

　　21 世纪的航天器，一是体积不断缩小。上述两项计划的构想均建立在航天设备小型化的基础之上，已设计出的新航天器样机的重量只有5千克，但其功能完全可与现在重 200 多千克的"旅行者"号探测器相媲美。所有硬件设备，无论是电子的、机械的、光学的，还是结构性元件，其体积都大大缩小，而灵敏度却显著提高。“凯珀快车”采用液态氙作为推进剂，将为诞生于20世纪50年代的航天技术带来突破性进展。

二是日益多样化的推进系统。科学家们为未来航天器设计的推进系统有核电推进器、太阳能电力推进器、激光推进器、太阳帆和电磁冲压加速器等，但太阳能电力推进系统被认为是最有希望的，它利用了低推力的离子喷射器。阳光照射太阳能电池产生电力，电流将一种惰性气体（如氙）离子化并将其加速，把正离子排出发动机以产生推力。这种推进系统在速度、效率和经济上都有强大的生命力，很可能作为一种通用发动机用于未来的航天器中。当然这不并意味着其他推进系统就不需要了。事实上，为了将航天器从地球送入太空，我们将使用化学火箭或其他发射器。核电推进系统类似于太阳能电力推进，只不过它是靠核反应堆产生动力，而不需要依靠阳光发电；激光推进器的动力来自地球上的某一高功率激光源，适用于快速点火发射；太阳帆是利用阳光压力推动，虽然启动慢，但不需要燃料；电磁冲压加速器的发射系统的最大优点是成本低。但无论如何，对远距离高速度的航天飞行来说，无论是载人还是载物，太阳能电力推进系统则是最好的选择。

三是空间站的发展。空间站是无人飞行器。21世纪，空间技术的发展将取决于廉价的航天设备。一艘吨级大型载人飞船需要2万平方米的太阳能电池板，其面积比一个足球场还大；而无人飞行器的重量则可减少到几千克，仅需直径10～20米的电池板。这样的超小型航天器对科学研究是十分理想的，也适用于大多数商业和军事领域，其主要任务是在重量很轻的设备中处理大量信息。可以预期，在21世纪，由太阳能电子推动的无人飞行器将在整个太阳系内遨游，并根据人类的需要改变飞行轨道，从而使这些微型“探险者”走遍宇宙的每一个角落，为人类探索其中的奥秘。

开拓无比诱人的太空

152

　　开辟通天路，架起星际桥，这是开拓天疆的先行行业。21世纪初，将有在地球与近地轨道之间航行的新型航天货运和客运机型。

　　在近地轨道，围绕月球和火星的轨道，以及地球与月球之间的自由点上，将在今后几十年内陆续建成太空港。太空港是空间客货运的转运站，其间将有巡天船常年巡回飞行，又有转运飞行器，像驳船一样在太空港与巡天船之间接送货物和人员。

　　21世纪初期，近地太空港将建成。到2020年左右，火星太空港有可能建成，形成一个完整的航天运输网络。人类的航天活动，到月球、火星的考察，将进入一个新的阶段——不再是冲刺成的，而是较长期的、系统的考察，并进而在那里定居。

　　人类频繁地进入太空，到地球以外的星球上定居，将为深入考察太阳系和整个宇宙创造前所未有的有利条件。宇宙的演化，生命的起源，黑洞的假设，重力波的存在，地球以外的生物体，这些困惑着人类的重大科学问题，将会在开拓天疆的道路上找到满意的答案。人类可以离开地球，以旁观者的身份对地球上的大陆漂移、火山、地震、天气进行观测和预报。

开办太空企业，这是更有吸引力的、直接造福人类的事业。在宇宙空间物质结合的方式和地面上不一样。在地面上的实验室里，有好些金属无法相互融合，可是在空间却办到了。

当今尖端工业的发展急需新的合金。拿制造汽车和飞机为例，只有减少车身或机身的重量，才可以减低能源的消耗。另外，工业生产还需要新型的电子材料。尽管这些年来，人类在这方面已取得了极其可观的进展，但专家们仍不满足，因为在地面炼出的晶体还不十全十美。如果在宇宙空间就可以做得好得多。

宇宙实验室有着无可比拟的优点。比如那里工作条件的特点是高温和低温同样无需代价，在日照的一面，卫星的温度可达80℃，而阴影处为−60℃。更理想的是如果把一件东西放在卫星里，使它不受地球、月亮或是太阳的任何辐射，它的温度就可降到接近绝对零度。

空间还有另外一个惊人的好处可以利用。在地面上必须用坩埚来熔炼金属，但坩埚对金属的质量会产生影响。埚底的沉淀物会污染埚内最末一批产品。但在失重状态下的太空，坩埚就不需要，熔炼的物质都飘在空中。因此，在宇宙空间，能炼出完美无缺的合金，像金锗合金、铅锑合金、铅锡铟合金等。同样，新的玻璃问世，可以影响整个光学领域，如照相、电影、电视、望远镜、显微镜等。

太空企业得天独厚，将激励一代和数代天才的企业家去开发，去发现新机会，创造新企业。

ok

失重给人类带来福音

154

　　我国古代流传着嫦娥奔月的传说，说她偷吃了灵药以后，顿觉身体轻飘飘的，不由自主地升入了月亮。这则神话无意中接触到了我们今天看来是失重的问题。"失重"，顾名思义，就是物体失去了重量所造成的一种现象。

　　在完全失重的状态下，那里是一个奇妙的世界。在那里物体对它的支持物完全失去了压力，可以静止停留在任何位置上，把茶杯倒过来，水也不往外流；握茶杯的手即使松开了，杯子也不会掉下来；鹅毛可以沉入水底，铅球能浮出水面，水银和水可以均匀地混合在一起；人可以如同神话中的孙悟空一样，不费吹灰之力推倒一座大山，一个跟头能翻越十万八千里；要想睡觉也不用床板和枕头，可以站着睡、躺着睡，甚至可以悬浮着睡，反正一样舒服……那么物体在什么状态下才会失去重量呢？一是当地球失去了对它的引力；二是在地球引力作用下，物体无阻挡地自由下落时，都会出现失重状态。拿一般人所熟悉的电梯来说，当电梯静止时，人对电梯的地板产生压力，这就是人的重量；如果由于电梯的缆绳突然中断了，电梯和人以同样的速度自由下落，电梯不再阻挡人，人对电梯就不再有压力。此时电梯里如果有一个磅秤，人站在磅秤上，就会发现磅秤的指针是零。这表现此时电梯里的人没有重量，电梯里成了失重世界。

科学家们发现，利用失重现象，可以在宇宙空间里生产、制造出许多优异的材料和产品。因为失重世界里那些得天独厚的条件是地球上模拟不了的。由于没有轻重之分，不同成分的液体混合在一起，不会发生分层现象，也不会产生冷热对流的作用。这样冷却后的物体，其结构非常均匀、细密。利用这一点，可以冶炼出内部没有丝毫缺陷的合金和复合材料。如果向液态金属里充气，能够得到像木材一样轻、比钢铁还要坚硬的泡沫金属；而泡沫金属在宇航事业上和现代建筑业上，大有用场。在失重条件下，液态金属可以像水银那样自然而然地形成圆球，所以制造出来的滚珠都是滚圆的，人们可以获得理想的滚珠轴承。在失重世界内，无论是固体还是液体，都能自由地悬浮在空中。在冶炼金属时就不需要用容器盛放冶炼的材料，而使材料悬浮在空中就可以了。这样一来，一是冶炼不受容器耐温能力的限制，可以冶炼任何难熔金属；二是不受容器化学成分的影响，可以冶炼出纯度高、表面又很完整的材料。

利用失重环境，还可以冶炼出细得要用放大镜才能看得见的金属丝，获得几乎透明的金属膜。在宇航站上生产的蓝宝石"针"，每平方厘米可以承受2吨重的压力，其强度比地球上同类物质高出10倍。随着宇宙工业的发展，失重世界将给人类带来更多的在地球上不敢想的好处。

特殊的太空高真空环境

　　真空是指压强远小于 10^5 帕的气态空间。一般称压强小于 10^{-1} 帕的低压空间为"低真空"，10^{-1}～10^{-5} 帕的为"高真空"，小于 10^{-5} 帕的为"超高真空"。应用各种真空泵并伴以辅助方法可获得不同程度的真空。真空技术广泛应用于各种工艺过程。许多近代科学仪器，如电子显微镜、加速器、质谱仪等，都必须依靠高真空的条件来有效地进行工作。

　　人们把恒星之间广袤无际的宇宙空间称为太空。顾名思义，那里是一个真空地带。

　　现代科学测定，太空中气体密度仅仅是地球表面的一百亿分之一。如果把 1 立方厘米的太空空间比作一个大的足球场的话，那么其中所含有的气体分子只不过是 1～2 只玻璃球而已。这样的真空度是地球上最高标准的真空实验室都望尘莫及的。

人造卫星、宇航飞船和航天飞机能在太空长时间飞行，都是由于有了太空中的真空环境，不然的话，在气层里早就被烧毁了。在高度真空环境中，由于没有空气和灰尘，还可以进行高纯度、高质量的冶炼、焊接，分离出一些物质。高真空的环境还有它的特殊用途。就拿稀有金属铌来说吧。这种金属有许多优异的特性，在炼钢时加一些铌铁进去，就可以炼出具有良好耐热性的低合金高强度钢；铌酸盐类单晶可以作为激光和红外探测的元件材料。当然铌最有前途的应用是在超导领域。像铌钛、铌锗、铌锡、铌镓等合金，在低温下都会出现直流电阻突然消失的超导现象。可是铌是高熔点金属之一，它的熔点高达2468℃，所以冶炼时往往采用阴极电子枪发射电子，对它进行轰击熔化。

不仅如此，铌还有一种非常奇怪的"脾气"：在常温下它的性能相当稳定，但在高温时能吸收氧、氢、氮等气体。当把它加热到300℃以上，就要大量吸收氢，最多时它"吃进"的氢气比其本身体积要大几百倍。吸氢后，铌就会发脆，失去实用价值。所以熔炼铌时，不仅要高温还要高真空。真空度越高，炼出来的铌纯度就越高，性能也越好。具有这种性能的稀有金属还有钽。所以科学家认为，把铌和钽的冶炼放在太空进行，铌和钽才会得到真正的开发。

太空是个天然的低温世界

1960年8月24日，科学家在南极洲测得了 – 88.3℃的低温数值，这在当时是从来没有过的最低气温纪录。难怪人们把那里称为"世界寒极"。

可是，跟月球相比，地球上的寒极还算暖和的哩！在月球上，背着太阳那一面的温度，能下降到 –160℃，真是个名副其实的"广寒宫"啊！

不过，这还不是最低的温度。在宇宙深处远离太阳的海王星，温度竟低到 –229℃。

科学家们从理论上推算出这个尽头 –273.15℃，叫它"绝对零度"；人们通常把低于 –273.15℃的温度，叫做超低温。

在 –190℃，空气会变成浅蓝色的液体。到 –200℃以下，橡胶变得像玻璃一样脆；水银成了固体，而且可以锤成薄片；鸡蛋摔在地上会像皮球一样跳起来。

研究各种物质在超低温世界里的性质，可以使我们进一步了解物质构造的本质。物理学家卡麦林·翁纳斯在一次低温下测量水银，发现了一种奇特的现象，当温度下降到 $-269℃$ 的时候，它的电阻突然消失了。这种现象被称为"超导电性"，具有超导电性的物质叫做"超导体"。

采用超导体这门新技术，通信卫星的重量可减轻到2千克多一点；计算机的运算速度可以高达几十亿次；悬浮火车能够离开轨道一定的高度，以每小时 $500\sim1000$ 千米的速度运行……

我们所居住的地球四周罩有一层厚达 $150\sim200$ 千米的大气层，它好像给地球穿了一件厚厚的、具有良好保温作用的外衣，即使在最冷的南极洲，气温也不过是零下几十摄氏度而已。

可是航行在太空的人造卫星，四周是没有大气层保护的。它向阳面温度高，背阴面温度甚至可低到 $-150℃$ 以下。要是使人造卫星像月亮面对地球一样，有一面始终背向着太阳，那么它的背阴面就是名副其实的天然低温世界了。

低温世界除了可以获得几十种金属、几千种合金及化合物的超导体外，最令人神往的是使人冬眠的科学实验。科学家证实，人工冬眠的动物，新陈代谢会变慢或暂时中止，但是它既不会毁坏动物的细胞和组织，相反还能延缓它们的分解和死亡。

美国科学家率先在世界上采用人工冬眠的方法，将身患癌症且濒临死亡的病人冷冻起来，以便有朝一日医学发达了，癌症可以根治时，再把病人解冻过来进行治疗。但是采用这种方法要建立专门的冷冻设施，还要长时期地花费巨大的电能，为此在洛杉矶的冰墓里至今也只保存着12具人体。如果利用太空中这个天然的低温世界，把冰墓设在太空城里，容量可以大大增加，那么人工冬眠的技术将会具有更广阔的前景，延年益寿的愿望就再也不是一句空话了。

向空间发展的材料制造工业

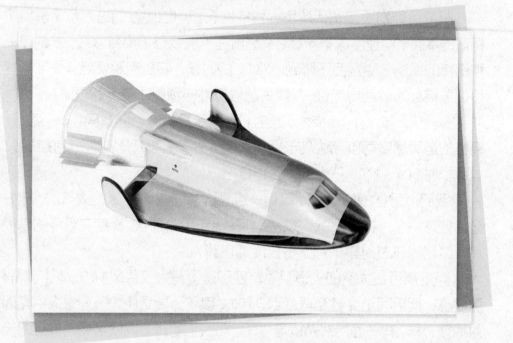

　　从1957年，第一颗人造地球卫星进入太空起，人类揭开了空间工业的序幕。进入20世纪70年代以来，美苏等发达国家花费巨资，竞相在人造卫星、空间实验室、宇宙飞船、航天飞机等空间飞行体上多次进行材料制造试验。美国在航天飞机上，前苏联在"礼炮"号宇宙飞船上（距地面300千米的高空）每次都进行材料制造试验。日本、法国、德国等也在发射小型探测火箭，利用100千米以上高空惯性弹道飞行时的低重力状态，进行流体力学和材料制造的有关实验。

　　材料制造工业为什么要向空间发展？这还得从重力加速度说起。众所周知，在地球表面上，重力加速度为9.8米／秒²，而高速飞行的空间飞行体，由于离心力的作用，使重力加速度减少到万分之一，因此，在空间飞行体里的物体基本上处于无重力作用的状态下，在这样的状态下可以制

造出各种各样在地面无法制造的材料。

例如，物理学告诉我们：流体在加热或冷却时，由于热胀冷缩，热的流体比重减小，冷的流体比重增大。在地面上，重力对流体发生作用，比重大的往下移动，比重小的向上升，由此产生所谓对流，而在空间无重力情况下，重力对流体不发生作用，没有对流现象，流体的各部分温度可以保持不同，容易造成温度递减。温度梯度有利于纤维和粒子在熔融金属中的均匀分散和定向排列，从而制造出耐热性比地上制造的高好几倍的复合材料。

此外，在无重力情况下不同比重的液体混合，或流体与固体混合时，不发生沉降和上浮，可以制造比重差大的复合材料。有些化合物，如元素周期表中第三族与第五族元素制成的化合物，光电转换功能比目前的半导体硅要好得多，但是这些化合物是多成分化合物，各成分元素间的比重相差大，因此在地面上很难生长成均匀的晶体，而在无重力状态下熔融时，因无沉降和上浮，可以搅拌混合均匀，发生均匀的化学反应，生长出高质量的大晶体。

在无重力的情况下，还可以大量生产非晶态硅电池和激光元件等高功能器件。空间制造的超低损耗的红外纤维，可用于未来100千米以上长距离无中继站的光通讯网。

在宇宙空间制造材料的历史尽管很短，但已显示出它的发展前景。随着宇宙基地在空间逗留时间的增长，在空间制造材料的成本还会大大下降。

宇宙空间的冶金环境

162

宇宙空间为冶金提供了优越的环境：一是超高真空；二是低重力。

在地球上生产更为理想的新材料，引力（即重力）是一大障碍。由于引力在加工制造过程中影响材料的成分和结构，因此使材料达不到强度要求。引力会给材料加工制造带来三种不良影响：

一是沉积。因为混合物的比重不同，比较重的成分，由于引力的关系而沉积，使混合物的成分不均匀。

二是对流。它是物体在温度变化时产生的。由于暖空气密度小，它上升后由较重的冷空气来补充，因而形成对流。在材料制造过程中，沉积和对流的作用都能使材料形成不均匀，使材料某些区域弱化，降低了材料强度。

三是污染。在地球上材料加工必须在容器内进行。可是材料加工需

要极高的温度，因而使材料和容器相化合而变得不纯。例如，金属钨在3410℃才能熔化，这样高的温度，可以同加工的任何容器发生化学作用，使材料污染。

而在宇宙空间冶炼金属，情况就完全不同了。它是在微引力下工作的，所受的引力只是地球引力的百万分之一。在这种微引力的情况下，由于没有对流的沉积，不同比重的材料一旦混合在一起，就不再分离。所以，在宇宙空间里，物质都能够得到很好的结合，从而制造出地球上不能合成的合金材料，这种特殊的合金运回地球仍然非常稳定。

在宇宙空间，固体、液体、气体共存。在失重的状态下，向熔化的钢水中加入氢气并使其均匀地扩散、冷却，就会形成一种泡沫钢。用这种方法还可以制成泡沫铝、泡沫陶瓷和泡沫玻璃。因此，宇宙冶金能制成重量轻、强度大， 为尖端科学技术服务的理想材料。

在失重状态下熔炼金属，可以消除熔化液体中因重力作用而产生的对流现象，能更好地控制液体和气体热量的传递，从而获得均匀度极高的产品。宇宙冶金是采用无容器熔炼法，没有其他物质的污染和容器壁的影响，熔炼出的材料纯度极高，可以得到性能极好的晶体材料。

还有，宇宙空间可以得到无需付出代价的高温和低温的工作条件。在日照的一面，卫星的温度可达80℃，而阴影一面可低到－60℃。更为理想的是，如果把一件东西放在卫星里，使它不受地球、月亮或太阳的任何辐射，它的温度就可降到接近绝对零度。可是在地球上要创造这样低温的条件，谈何容易！它不仅费用昂贵，而且能源消耗极大。

得天独厚的太空制药厂

随着空间技术与航天事业的发展，科学家们开始着手建立太空制药厂。由于空间轨道不存在地心引力，因此，太空制药厂可以生产出某些地球上难以生产的药物。

从1960年到1969年，美国曾先后发射了三颗生物卫星，并在第二颗生物卫星上进行了"电泳试验"，专门用于分离蛋白质。1971年和1972年，"阿波罗-14"号和"阿波罗-16"号两艘载人宇宙飞船相继上天，一系列的空间电泳试验，终于获得成功。此后，在美国和前苏联联合发射的一颗卫星上，又进行了进一步的科学实验，结果分离出一种"尿激酶"，这就是人类在空中生产的第一种药物。

尿激酶是由人尿或人类肾组织培养制得的，是一种新的特效活血栓药物，可消除由静脉炎和心脏病变等引起的血栓，并用于治疗血栓梗塞性疾病，以及因纤维蛋白沉淀引起的各种疾病。目前又进一步应用于人工脏器、脏器移植和显微外科手术等。此外，它还能增强免疫力，可激活杀灭肿瘤细胞的溶酶体，从而成为一种有效的辅助抗癌剂。

1985年，美国专家和制药厂商共同设计了第一家太空制药厂。该制药厂装在飞船舱内，其重量为2270千克，包括24个小车间。美国科学家认为这种生产方法，不仅产品具有无可比拟的高纯度，而且价格便宜。

目前宇宙制药厂已试制成功30多种基质。第一个从事太空制药研究的美国专家吉姆·罗斯断言，在21世纪初将从太空中获得上百种药物，特别是以下几种产品：

抗血友病基质——其作用与尿激酶恰好相反。用常规所得到的该基质纯度很差，患者服用后往往引起变态反应，而太空药厂生产的这种基质则可以克服以上缺陷。

干扰素——这是一种糖蛋白，可抗病毒感染，也有一定的抗癌作用。太空制药厂所提供的这种产品纯度远比地面上生产的高。

抗胰蛋白酶 α 蛋白——这种药物对肺气肿和肺泡肿胀有效。

β 细胞——这是胰腺分泌的一种细胞，是治疗糖尿病的良药。

愈合药——目前对严重的跌伤和烧伤治疗，都使用从动物胎儿中提取出的血清。但如果用控制真皮生长的蛋白质会更有效，它是由人体颌下腺分泌的。这种药物的纯度要求异常高，必须在太空中制造。

促进红细胞蛋白增生的蛋白质——这是一种治疗贫血的珍贵良药，并能减少输血量。这种药同样要求极高的纯度。

太空制药厂建成后，宇宙飞船每年必须至少两次向工厂提供能源补给。科学家们正研究不使用来自地球上的能源，而使它们与轨道上的太阳能中心相连接。

在太空中熔融玻璃

在地球大气层以外的太空中有空间资源。微重力资源是空间重要资源之一。

微重力资源是空间特有的宝贵资源。地球上一切物质都受重力影响，而在太空里就没有重力的影响，一离开地球大气层就会产生失重，这就是微重力。

人类早已掌握了在地球上熔融玻璃的工艺程序。将玻璃原料粉末投入坩埚内或池窑内，待料粉熔化后，加入澄清剂，使玻璃熔液内的气泡长大，浮出表面。气泡排除后，才能得到透明、均匀的玻璃。

如果在脱离了地球引力作用的浩渺太空，建立玻璃实验室，就会给我们提供在地球上所意想不到的、神奇般的方便条件。这就是最近发展的引人注目的"微重力科学"的一部分。

　　在太空玻璃实验室中，人们不需用任何容器，用不着去操心耐火材料被侵蚀后对玻璃的性质的影响等令人头痛的问题。因为一切都可以是悬空的，玻璃液可以不与其他任何东西相接触，实现"无容器的操作"。

　　太空玻璃实验室还可以解决人们在地球上熔融玻璃时碰到的另一个麻烦。譬如我们制备含氧化钡、氧化硼等优质玻璃或含钕的激光玻璃时，玻璃液往往不是混浊不清，就是较重的熔液下沉，较轻的熔液上浮，"层次分明"。太空中没有重力作用，没有密度大小的区别，没有对流，上述麻烦现象就会消失，可以获得极为均匀的玻璃体。

　　由于没有重力作用，没有玻璃熔液与容器之间的接触，因而不存在液体和固体界面之间的作用。这对晶体成长和薄膜技术关系重大。

　　在太空熔融玻璃时，不能像在地球上那样采用石英砂、硼砂、苏打等原料，最好是采用目前玻璃界颇有兴趣的胶体工艺，制备一种称为玻璃前驱体的胶状物质，这样操作起来就更便利了。更有意思的是，在太空中熔融玻璃时，玻璃中的气泡不是自玻璃熔体底部向上漂起，而是从较低的温度区域向较高的温度区域移动，从而排除。

　　随着"微重力科学"的发展，建立奇妙的太空玻璃实验室，不仅在应用技术上给人类提供预想不到的便利条件，还在人们对宇宙的认识和新理论的开发方面，为人类开拓了一个崭新的领域。

　　太空玻璃实验室目前亟待解决的问题是：在太空建立能产生更高温度的高温设备；采取措施，加快熔液的冷却速度（由于没有重力，没有接触，太空中没有对流、传导这两种传热方式）；使飘浮系统稳定，以及让宇航员更方便地出入实验室。

肩负重大使命的太空动物园

　　为了了解和验证动物的太空习性，以便为人类在不久的将来到太空去生活和工作摸索出一些经验和根据，人们开始了宇宙动物学的研究，在宇宙飞船上建立了动物实验室，人们亲切地称它为"太空动物园"。

　　现在，让我们也来了解一些动物在太空生活的情况吧。

　　科学家把几百只苍蝇分放在太空动物园的三个角落里，这三个角落的重力场各不相同：一个模拟地面，一个2倍于地面，再一个5倍于地面。结果发现，苍蝇们都喜欢到模拟地面重力的那个角落产卵生殖；在2倍于地面重力场的地方，苍蝇都萎靡不振，出现病态；而在5倍于地面重力场处的苍蝇，都很快地死去了。

　　太空动物园里还装有6对雄雌老鼠和30只独身雄鼠，分别让它们在模拟地面和2倍、4倍于地面重力场的环境中生活。结果发现：老鼠的抵抗力大于苍蝇，任何环境下的老鼠都没死亡，不过，大于地面重力环境里的老鼠都显得惊躁不安，并且在7天以后，它们的肌肉萎缩了，病态很严重。回到地面后解剖检查得知，它们的肌肉中黏多糖成分下降，胃壁细胞中的细胞质密度变小，胃中磷酸酶的活性增大。而在模拟地面重力环境下的老鼠，不但健康如常，而且有两对还在太空中"成亲"、交配、怀孕和分娩，生下的小老鼠在回到地面后还能健康地活着。其他环境下的太空鼠都没有生育。

太空动物园里还养了一群黄蜂，在模拟地面重力场中生活的黄蜂筑巢和地面上基本一致，但在2倍于地面重力场下的黄蜂筑巢就与前者明显不同——沿着重力加大的方向巢壁加厚，以对抗重力加大产生的影响。这说明像黄蜂这样的低等动物，也会在太空特定环境中作出反应以求生存。

在太空动物园的2倍地面重力的区域里，还生活着一群小鸡。它们在那儿生活了18个星期后，回到地面时体重普遍下降，膝盖骨明显变形，肌丝受到损伤。

此外，太空动物园中的猫、狗、猴的抵抗力都较好，猴子可以安全返回而不得什么"太空病"；狗也基本健康而归；相比之下，猫的身体状况欠佳。可以认为动物愈高等，自动调节适应太空变异环境的能力愈强。

在有鱼类和青蛙参加的太空失重状态实验中发现，鱼的耐失重能力比青蛙好，青蛙的耐失重能力比猴子好。这说明水生动物的耐失重能力一般比陆生动物好，而两栖类居中，原因尚待进一步研究。据推想，可能是水生动物的细胞组织结构较疏松、较轻盈，对重力变化敏感度小些。

在太空动物园里生活，可以改变动物的遗传性能。比如：在太空孵出的鳃足虫，到第三代都寿命不长。但草履虫的繁殖率却提高了4倍。据研究是太空辐射使遗传物质中的染色体发生变异的缘故。

选植物种子去太空"修炼"

"在太空'修炼'的种子要毕业回家了！"

1996年11月8日，北京卫星制造厂热闹非凡。来自农业部、中科院等8个有关部门的客人，在这里迎来了来自太空的宠儿——我国第17颗返回式卫星上搭载的种子。

10月20日，甘肃酒泉卫星发射中心的专家们目送着他们的"宝贝"——植物种子，在地动山摇的轰鸣声中开始太空"修炼"之旅。11月4日，卫星里的种子在太空遨游了15天，绕地球239圈后，回到了祖国的怀抱。今后，它将在农业科学家的呵护下，在祖国的肥沃土壤里繁衍生长。

人类正面临着来自粮食短缺的挑战，在跨进新世纪的时候，关于粮食的话题一直沸沸扬扬。

世界上一切生物都在发生着变化，农作物种子也不例外，它们长期

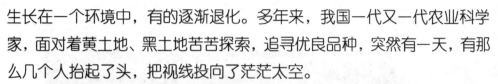

生长在一个环境中，有的逐渐退化。多年来，我国一代又一代农业科学家，面对着黄土地、黑土地苦苦探索，追寻优良品种，突然有一天，有那么几个人抬起了头，把视线投向了茫茫太空。

因为他们在追求中感到，微重力、高真空、强宇宙射线辐射等条件，都直接影响着生物的生存、生长、衰老、变异，这些都是引起种子变异所必不可少的条件，而这种条件地面却很难达到。

为了探索空间条件对植物种子的诱变作用，1987年8月5日，在我国发射的第9颗返回式卫星上，中国科学院遗传所研究员首次将辣椒、小麦、水稻等一批种子搭载升空，开始了我国太空育种的有益尝试。

至今，我国已先后8次利用返回式卫星进行了51种植物，300多个品种的太空培育试验。

经过太空"修炼"的种子，是否已成"正果"？专家们发现，经过6年的种植、培育、选择和测定，经过搭载的"农垦58"水稻纯系种子，不仅穗长、粒大，有的一株上竟长出3～4穗，亩产可达600千克以上。在黑龙江省进行试种的青椒种子，经过几个回合的培养，已产生长势强、高产优质、抗病性强的新品种。9月，实验田里其他青椒枝叶脱落，只剩下枝干，而经太空"修炼"过的青椒后代，却枝繁叶茂，生机勃勃。

专家认为，空间科学向农业育种的渗透，有可能发展成为空间诱变育种的一个新的边缘学科。

我国航天人算了一笔账，如果一颗卫星带300～400千克的种子，经过地面选育，可推广到1亿亩土地上种植，按亩产增加15%的保守计算，大约亩产可增加40千克，总产可增加40亿千克。这将是一项具有巨大经济效益和社会效益的事业。

难以计量的宇宙钻石

　　值得庆幸的是，在地球上金刚石十分稀少的情况下，人们却意外地发现，金刚石广泛地存在于宇宙中飘忽不定的无数质点、某些小行星、卫星，甚至大行星可能都有丰富的金刚石矿藏。有的竟然随着陨石和陨石雨降落到地面。一些科学考察队在澳大利亚、芬兰、法国、俄罗斯、南极洲、南非等地都曾经找到过一些金刚石，经过分析鉴定，它们确实是一些"天外来客"。

　　不久前，美国、英国和澳大利亚的天体物理学家，经过分析研究一些天文资料，发现天王星和海王星的整个球面都覆盖着金刚石。据科学家预测，这两个星球在形成的早期是一些含冰的气团，外层由氨和甲烷气体包围着，而星球所处的温度达 3000℃～12 000℃之间，压力达到 20～600 万个大气压。根据计算和试验，在超过 3000℃和 20 万个大气压的条件下，甲烷首先分解成氢和碳原子，然后碳原子再在温度和压力的作用下，被压缩成特殊晶状结构的金刚石；而氢原子在这样高的压力和温度下，可能游离存在于金刚石之中，也可能单独形成另一种特殊结构的物质。

美国科学家马文·罗斯在对甲烷做冲击波试验时，造成了一种短暂的、与海王星和天王星内部相似的温度和压力。他将做试验的小隔离室充满甲烷，这是被认为在这两大行星中大量存在的一种气体，然后用一种速度为每秒10～13千米的粒子去轰击。结果，冲击波在几十亿分之一秒的时间内产生了绝对温度2000℃的高温和比地球海平面的大气压力大20万倍的高压。

在这种极端条件下，罗斯发现甲烷分解成它的组成元素氢和碳。由撞击产生的压力和温度，超过了将普通碳变成金刚石所需的压力和温度。于是，罗斯作了一个令人迷惑的预测。他设想天王星和海王星内厚达几千千米的极浓密的甲烷气体，可能已经分解成氢和碳。其中构成两大行星质量20%的较重元素碳，可能向星球的中心沉降，受巨大压力后生成大量的小金刚石。

据科学家们分析，天王星和海王星的金刚石，多数覆盖在球体表面。它们的体积占星球总体积的1/3到1/2，有的甚至还多到以无数小块的形式，在这两颗星球的下层大气中飘浮着；这些飘浮着的金刚石有时由于引力的变化，甚至降落到其他行星表面，或者形成其他飘浮质点的核心和其他星群。

科学家还推测，海王星和天王星并不是仅有的两个富有金刚石的天体，许多其他含碳丰富的星球都经受过极长时期猛烈的陨石撞击。例如，土星的第六个卫星，它的大气由5%以上的甲烷组成，可能存在大量因撞击形成的金刚石。

未来的空间采矿基地

174

月球作为地球的卫星，是太阳系中离地球最近的星体。它对人类有着无穷的魅力。月球不仅是从地球以外的宇宙空间观察地球的理想场所，在月球面对地球的一面，24 小时内可以观察到整个地球表面，对研究地球大气层和温度的变化极有价值，而且还有着十分丰富的矿产资源。

已经探明，在月球岩石中含有大量的氧气。因此，若从月球出发，进行大规模太空探测活动，就无需从地球上运送大量的液态氧。

月球还蕴藏有 60 种矿物，除了硅、铁、铝、镁等地球上用量最大的矿物元素外，还有 6 种是地球没有的。特别应该提出的是，月球上的一些金属元素，具有一些特殊的性能，比方说，月球上的铁不生锈。从登月舱取回的样品中，人们发现月球上的铁，不仅在月球上不生锈，而且到地球上也不生锈。经研究认为，这是由于月球上的铁受到来自太阳的挥发性气体的影响，吸附了一层惰性气体薄膜的缘故。

自从太阳系形成以来，月球表面一直受到陨石和小行星的连续轰击，致使表面覆盖上一层10～20米甚至更厚的细磨砂土，所以，月球上的矿物分布趋向一致。因此，在月球上采矿用不着为寻找深层矿藏而钻探，全部为露天矿，可以露天开采。

不过，要在月球上采矿仍需要克服许多困难。首先要在月球上建立采矿基地；其次要把采出的矿石用一串串的电磁桶运到月球轨道上的冶炼厂。还要解决大规模采矿的用水问题，因为到目前为止，月球上还没有发现水。据月球探测器"克莱门坦"号探测，在月球南极上有冰云层。根据科学家推测，月球两极附近有以冰层形式存在的水，约有1000亿吨。

空间采矿最有希望的是一些小行星。在太阳系大约有4万颗小行星。科学家认为，现在至少有几十颗小行星可以进行宇宙采矿。天文学家发现很多小行星的铁镍和硅铝复合矿含量极高，一颗直径1600米的小行星所含的铁约有330亿吨之多，可供全世界使用60多年。1989年3月曾发现一颗距地球较近的小行星，命名为"1989FC"，23日该星在距地球75万千米处飞过，远离地球而去。科学家认为，如果这颗小行星是金属型的，那就意味着它是一个品位高的富矿，可达数十亿吨，是珍贵的宇宙资源。小行星采矿比月球采矿容易，很多小行星具有容易与宇宙飞船会合的轨道特性。有的小行星接近地球轨道，并在近似地球轨道内移动；有的小行星轨道跟地球非常近，曾在距离地球一百多万千米，甚至几十万千米处——擦肩而过；还有的小行星的轨道运动方向与地球正好相反。这些条件使宇宙飞船只需要较少的燃料就能飞向小行星，将它"捕获"、牵引到需要的轨道上，开采后并将矿石送到宇宙冶炼厂进行冶炼。

不打地基的宇宙空间建筑

176

　　宇宙空间建筑有哪些特殊条件呢？最大的两个特殊条件，一是失重，二是没有空气。这两条都给空间建筑带来许多方便。

　　物体在宇宙空间没有重量，因而不像在地球上那样，需要承受它们的重力。在宇宙空间建筑物当然没有打地基的工程，只要把建筑物的各个部件互相连接起来，固定在一起就行了。宇宙空间没有空气，不必担心建筑物会受到风雨的侵袭，同时也不一定需要屋顶墙壁组成的外壳。虽然建筑物主要采用金属结构，却不必担心不采取防护措施会像暴露在空气中那样生锈腐蚀。这些建筑物进入地球的阴影的机会是很少的，一年之中见不到太阳的时间累计加起来也不超过3天，几乎终年都沐浴在阳光之中。但是，尽管每天日蚀的时间很短，温度变化的幅度却将近400℃，这样骤冷骤热会使一些金属材料弯曲变形。因此，宇宙空间的建筑材料必须经受得住这样的考验。从这一点看，有一种非金属的合成材料，名叫环氧石墨，倒是最合乎要求的。

在没有重量的宇宙空间施工，建筑结构都飘浮空间，给建筑工人带来许多便利。哪怕是瘦弱的工人，也能推动像卡车那么笨重的部件，根据要求把它安放在任何一个地方。当然这个优点也带来另一方面的困难，建筑工人必须抓住某些固定的东西才能使自己站稳脚跟，一不小心他就会被大部件拉了过去。

在没有空气的环境里工作，必须穿上宇航服。宇航服臃肿笨重，容易使人疲劳，因此工人操作需要许多机械工具，工作时间还不能太长。如果能坐在有特殊设备的飞行机器中，穿着便服，用机械手操作，效率就可以高得多。工人工作的时候必须干净利落，如果不当心落下一件工具，它就会向无边无际的太空飘浮开去，再也找不到它了。

在宇宙空间建筑一座空间基地，大约需要10万吨材料，都是具有特殊性能的高级合成材料。它们的成本很高，大约每千克需要100美元。有人提议把月球作为主要的原料基地。因为，月球上的引力小于地球，从月球运用运载火箭将原料发射到空间进行冶炼和加工，有许多条件比地球上优越。看来将来很可能在月球上开采优质矿石，再把矿石发射到空间工厂去冶炼和加工，至于工厂需要的能源，将由太阳提供。因为空间工厂终年都能在阳光的照射下。

人们还计划在空间建筑一种"月镜"，它是直径300多米的大镜子，"月镜"反射到地球上的阳光相当于200～300个月亮，可以作为城市上空的路灯，也可以用来增加农作物的日照。

ok

别具一格的太空旅馆

178

　　广漠无垠的太空是神秘诱人的。千百年来，人们一直梦想登天遨游。

　　20世纪60年代以来，火箭、卫星、飞船，不断地探索开发外层空间的道路。30多年来，有成百人次乘宇宙飞船进入了太空。特别是美国"哥伦比亚"号航天飞机的试飞成功，为人们游览太空展现了广阔的前景。

　　但是，"哥伦比亚"号航天飞机连驾驶员在内，最多只能乘坐10个人。于是，设计师们决定设计能容纳更多人的"航天客机"，以实现人们登天旅行的夙愿。航天客机内设有一个客舱，70多个座位分上下两层，有两部楼梯相连。航天客机发射时的超重现象，只有发射"阿波罗"飞船时超重的1/3，不会产生使人难以忍受的感觉。所以，一般身体健康的人，不必经过专门训练，就可以进入太空旅行。

　　伴随航天客机航线的不断延伸，必然要在途中设立太空旅馆，设计中的太空旅馆更是别具一格，主体是一个庞大环形室。环形室内部，设有居室、公园、运动场、游泳池、娱乐场、商店、医院、影剧院等。那里使用的交通工具是自行车和电动汽车。

在环形室主体外部，设置工业区和农业区。在工业区里，各类工厂生产太空旅馆工作人员和旅游者的生活必需品。在农业区里，则划分成若干个大大小小的区域，让它们之间的季节、时令、作物种类都穿插开来，以保证任何时候都有新鲜蔬菜和水果供应。

这里的阳光，是靠太阳光的照射、反射来的。在太空旅馆上设有一个巨大的天窗和反光镜，自行调节光的强度、照射时间和角度，从而形成分明的昼夜和四季的变化。

生活在太空旅馆里的人们，是从水的分解中获得氧气的，大片的植物光合作用提供给人类存所必需的氧气。因此，除了水的原料需要从地球运送外，其余资源都可向月球开发。太空旅馆里的空气是新鲜的。因为它本身的结构是密封的，再加上太空旅馆是一个真正的电气化世界，一切动力都使用太阳能发的电，既没有燃烧煤、石油所引起的环境污染，也不会产生使人担心的核发电酿成的核辐射。

航天飞机的试飞成功，加快了人类建筑太空旅馆的步伐，航天飞机一次次穿梭似的来往于外层空间。在地球和月球之间的无引力区，航天飞机货舱里的巨型铁臂，按电脑系统的控制自动组装太空旅馆。

太空旅馆的设计、建设和使用，将为大规模太空城的建造，开辟一条更加宽广的道路。地球是人类的摇篮，但是，人类总不能永远生活在摇篮里啊！按照眼下地球人口的发展速度，到公元 2035 年，将达到 100 亿。那时，地球上人类的食物、能源和居住等都将发生巨大的困难。为了生存和发展，人类将不得不离开地球这个世代生活的大摇篮。

未来的宇宙城

　　从美国的"哥伦比亚"号航天飞机成功地降落到地面后，人们树立起了在地球以外建立居民区的坚定信心。一些自然科学家和社会学家已经在着手研究和设计宇宙城，为人类创造一个全新的文明世界。

　　美国一位宇宙学和物理学专家J·彼得·维杰克博士在他撰写的《世界不会灭亡》一书中写道：为建造宇宙城的人们所设计的第一批住所将是一些以液态氢为燃料的巨室，它们由宇宙飞船载入太空。它们的直径为8.5米，高31米，相当于一个11层高的铁塔。里面被隔成许多层楼面，每层设有三间房屋，并被安上地板、各类管道、电缆线，以及必需的生活用品和家具。有几层是作为公共设施的场所：盥洗间、浴室、厨房、饭厅、图书馆、音乐室、健身房，等等。

　　根据设想，未来的宇宙城将是一座有5～7万民的中型城市或少数人口达到几千万的大型城市。所有的城市规划都将按照地球移民的特殊生活方式来设计，并保持人口密度的平衡。在那里将不会再有高速公路，看不到停车场，也没有机动车辆，而自行车将成为城市的主要交通工具，旱地溜冰鞋也将会变得很实用。如果要到较远的地方去，可以乘坐一种新式的交通工具——电瓶车。

宇宙城的居民可以占用比地球不知多多少倍的绿化地带，住房旁边可以随意种上许多蔬菜，如萝卜、青菜、黄瓜、番茄等，还可以饲养羊、奶牛、猪、鸡、鸭和长毛兔。

宇宙城里还设有许多娱乐场所，居民们能够参加各类丰富的文体活动：可以在英国式的草坪上举行网球锦标赛和高尔夫球赛；在公共体育场打篮球、棒球和排球；还可以在星罗棋布的、不同规模的宇宙游泳池里练习游泳和跳水。可以想象，由于太空失重的作用，宇宙跳台将是最富有吸引力的地方，因为任何一个游泳爱好者、跳水运动员都能不费吹灰之力在空中转身 15～30 圈再落入水中。

宇宙城里工业的首批开拓者应该都是一些冶金方面的专家和科学家，去建造提炼宇宙金属的设备和工厂。

随着世界宇宙工业的飞跃发展，人类的各种科学研究也将会有很大的飞跃。在宇宙城里，低温物理学、气象学、遗传学、医学等都是重要的研究项目，遗传工程学将会有重大突破，并将成为发展动植物新物种，认识和改变生命衰老进程，有控制地培养实用微生物新品种的强有力手段。

宇宙城也是世界上最大的天文台。在地球上，由于重力关系，望远镜的制造不能超过一定规格，而在宇宙空间，望远镜的自重已不成为问题了。在那里，人们可以制造直径达 200 米的望远镜。

宇航技术民用化

一座14层大楼已经废弃，为了拆迁这座庞然大物，工程师们在请教火箭专家之后，提出一项化整为零的"切爆"方案。原来发射火箭的燃料柱与炸药相同，其数量和排列都经过精确计算。现在将炸药制成带状，每米放置正确数量的炸药，一经引燃爆炸，整座建筑物就被切开而不是被炸毁，从而为危楼拆迁提供了方便。

其实，宇航技术用之于民已屡见不鲜。美国固体燃料火箭发动机用的玻璃钢管，已大量用于供水和灌溉系统。玻璃钢，亦称"玻璃纤维增强塑料"。用玻璃纤维或其织物增强的塑料，常加入苯乙烯或固化剂的不饱和聚酯树脂涂于玻璃纤维上，再经加工成形而成。质轻而坚硬，机械强度可以与钢材相比。这种管子既轻又耐压，也不怕腐蚀，可以制成薄壁大口径管。瑞士一家公司制造的一种宇航材料——泡沫层板，由铝板和泡沫夹心组成，现在已用于建筑物隔墙和高强度的轻便雪橇。宇航用的各种复合材料，纷纷进入民用市场，如硼纤维和碳纤维增强复合材料，不仅用于汽车、游艇，还用于滑水板、球拍、钓鱼竿等产品。

最近几年出现了一种液动工具，它是用高压水来传动的，可以代替电力在爆炸环境中使用，以确保安全。其工具头可以更换，如砂轮等。这种液动工具完全是火箭发动机的涡轮泵演变而来。

宇宙飞船中宇航员的缓冲座椅由内环和外环组成，可以大大减少飞船溅落时的冲击载荷，在小汽车上试验后发现，该装置可将每小时100千米相撞时冲击载荷降低至8千米的水平。这项技术推广后车辆事故死亡者的数量会急剧降低。

美国设计了以太阳能电池为动力的捕虫装置。这种装置由诱虫荧光灯和高压电网组成。然而，高效率的太阳能电池是卫星和飞船的专用品，目前造价还相当高。如果能进一步提高转换效率和降低成本，这种农业用电装置，将会遍布田野。

美国宇航界从1962年开始实施民用计划，1973年利用单项空间技术改进生产的用户已达3000多户，并逐年增加2000多户。特别是医疗设备、航空发动机、固体电路、计算机、家用电器和超小型部件等均被列为重点用户，它们与人们的日常生活更是息息相关。

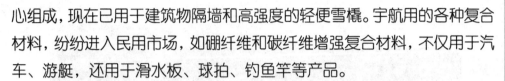

航天技术与国防现代化

在当代众多的新技术中，航天技术与国防现代化的关系最为密切。

首先，国防现代化是促进航天技术诞生的催产剂，它为人造卫星的上天准备了"千里马"——运载器，从而奠定了航天的基础。人们早在300多年前就知道，发射人造卫星需要每秒7.9千米的第一宇宙速度，但是由于当时没有足够强大的动力，人类遨游太空的理想始终未能实现。20世纪50年代，由于国防的需要，相继研制和发射成功中程和洲际弹道导弹，到了1957年，终于用弹道导弹改装成的运载火箭把世界上第一颗人造卫星送上了天，从此揭开了航天时代的序幕。弹道导弹和运载火箭之母——世界上第一枚实用的现代火箭"V-2"，同样也是军事需要的产物。纵观航天发展史，可以说，没有弹道导弹，就不会有今天的航天技术。

其次，国防现代化是推动航天发展的原动力。今天正在应用的各种卫星中，相当一部分是由国防部门根据需要提出，并在军事应用上首先取得成果的。

早在1959年，美国国防部就开始试验回收型卫星。1960年8月首次成功地回收了卫星密封舱，掌握了再入返回技术，为照相侦察卫星以及后来的载人航天开辟了道路。

根据卫星侦察、导弹预警和海洋监视等需要，研制成星载多光谱相机、电荷耦合器件探测器、红外辐射计和成像雷达等遥感器，给陆地卫星和海洋卫星的发展创造了条件。

各国商船和军舰普遍使用的"子午仪"导航卫星网，本是应核潜艇定位的需要而发展起来的；后来建成的由18颗卫星组成的全球定位系统，主要也是为海、陆、空三军服务的。

风靡全球的卫星通信，最初也是从军事通信开始，世界上第一颗通信试验卫星"斯科尔"就是一颗军事试验通信卫星。

发射测地卫星的目的，是为了测量地球的精确形状、尺寸、重力场以及军事目标的准确位置，提高洲际导弹和巡航导弹的命中率。现在测地卫星已成为大地测量的重要工具。

最后，国防现代化是航天技术的主要服务对象，国防部门和海、陆、空三军是航天技术的最大用户。

在已经发射的几千个航天器中，军用航天器占70%；在人造卫星中，军用卫星的比例高达75%。

航天飞机、空间站等载人航天器和拦截卫星的出现，使航天技术的作用从侦察、通信、导航等支持与保障地面军事行动的范围，扩大到直接参与空间进攻和防御。

ok

图书在版编目（CIP）数据

遨游太空／于洋编.—长春：吉林出版集团有限责任公司，2009.3
（全新知识大搜索）
ISBN 978-7-80762-606-0

Ⅰ．遨… Ⅱ．于… Ⅲ．宇宙－青少年读物 Ⅳ.P159-49

中国版本图书馆CIP数据核字（2009）第027868号

主　　编：于洋
副主编：于今昌　　于雷
编　委：于越姝　张宏新　国建军　张芷淇　付刚

遨游太空

策　　划：刘野　　责任编辑：曹恒
装帧设计：艾冰　　责任校对：孙乐
出版发行：吉林出版集团有限责任公司
印刷：长春市东文印刷厂
版次：2009 年 4 月第 1 版　　印次：2009 年 4 月第 1 次印刷
开本：787 × 1092mm 1/16　　印张：12　　字数：120 千
书号：ISBN 978-7-80762-606-0　　定价：19.80 元
社址：长春市人民大街 4646 号　　邮编：130021
电话：0431-85618717　　传真：0431-85618721
电子邮箱：tuzi8818@126.com

版权所有　　翻印必究

如有印装质量问题，请寄本社退换